HEYHENRY

DAMIR

THOMAS

El perro diabólico

Libro II
El perro diabólico

Åsa Larsson e Ingela Korsell

Henrik Jonsson

Traducción: Elda García-Posada

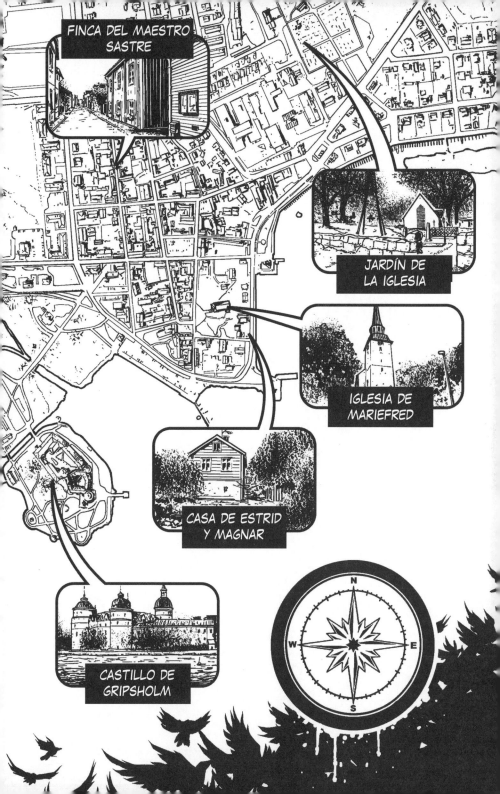

CAPÍTULO 20

El tuerto

Viggo corre de noche entre los árboles. Hay algo en el bosque. Una criatura con garras como cuchillas. Han visto sus huellas y saben que, sea lo que sea, anda cerca. El miedo le hace sentir un nudo en el estómago. Su hermano mayor, Alrik, lo sigue de cerca corriendo detrás de él.

¿Dónde están Estrid y Magnar? Viggo mira hacia atrás por encima del hombro y ve que la distancia ha aumentado entre ellos, que se han quedado rezagados. Son mayores y no pueden correr tan rápido. Sin embargo, ya vislumbran la cabaña perteneciente al hermano de Magnar y Estrid.

Por favor, que haya alguien allí.

Por fin, consiguen llegar hasta la cabaña. Magnar se inclina hacia adelante con las manos en las rodillas respirando de forma entrecortada. Estrid aporrea la puerta. Sin embargo, nadie abre.

Viggo mira alrededor. El lugar está lleno de chatarra y trastos viejos por todas partes: neveras desvencijadas, coches sin ruedas, grandes neumáticos de caucho negro apilados uno encima de otro, y un montón de trozos de metal cubiertos de óxido y desperdigados por el césped sin cortar, como viejos esqueletos. Vaya revoltijo.

La curiosidad de Viggo se hace tan grande que prácticamente se le olvida lo asustado que está. Pasa la mano por encima de una cosa rara que parece ser algún tipo de invento, aunque no hay forma de saber para qué sirve.

Un poco más allá de la cabaña hay otra casa; y, junto a ella, un tractor. Viggo llega a la conclusión de que si consigue subirse encima de una de las ruedas será capaz de trepar hasta lo alto del techo del vehículo y, desde ahí, tal vez saltar de un brinco sobre el tejado de la casa. Tal vez. Es decir, si se es un buen saltador y escalador, y Viggo lo es. De hecho, es todo un profesional del salto y la escalada. De modo que decide intentarlo y echa a correr en dirección a la otra casa.

—Ahí no vive nadie —dice Estrid.

—Sólo voy a echar un vistazo —responde Viggo alzando la voz mientras rodea el tractor.

De repente, ve algo con el rabillo del ojo. ¿Qué es eso por delante de lo cual acaba de pasar?

Vuelve la cabeza rápidamente. Alguien se oculta en la sombra entre un montón de tejas y un arado oxidado, alguien con una capucha oscura cubriéndole la cabeza. ¡Y cuya cara no es humana! ¡No tiene ojos! Sólo dos cuencas vacías.

La figura estira la mano hacia Viggo y un ronco alarido le sale de la garganta.

—¡Ghhhhrssch!

Viggo intenta gritar pero no consigue emitir sonido alguno. No puede respirar.

El hombre sin ojos se le acerca. Es entonces cuando Viggo supera la parálisis que lo atenaza y comienza a vociferar como si hubiera perdido la razón.

Grita sin parar. Estrid, Magnar y Alrik llegan a su lado en un instante. Estrid también grita, pero no de miedo, sino de rabia.

—¡Henry! ¿Qué estás haciendo? —exclama echando hacia atrás la capucha del hombre sin ojos.

Viggo se queda en silencio. En ese momento se da cuenta de que la figura que tiene frente a él es un hombre de la edad de Magnar y Estrid. Uno de sus ojos no es más que una cuenca vacía, pero el otro es normal. El tío tan sólo lo tenía embadurnado con una cosa negra, y al cerrarlo, parecía como si no tuviera ojos.

—Permitidme que os presente a nuestro hermano Henry —dice Magnar—. Todo el mundo lo llama *Hey*Henry porque...

—Hey, hey —lo interrumpe Henry.

—... siempre dice «hey, hey» —continúa Magnar poniéndole la mano en el hombro a su hermano.

9

—¡Vuelve a colocarte el ojo, Henry! —le ordena Estrid.

Henry se pasa la mano por encima de su prácticamente calva cabeza. Parece avergonzado. Se mete la mano en el bolsillo y saca un ojo de cristal, el cual acomoda en la cuenca vacía.

Viggo contempla fijamente al hombre.

—Hey, hey —vuelve a decir Henry—. Lo siento, colega. No quería asustarte. En fin, bueno, supongo que sí, aunque no me paré a pensarlo.

—Pues deberías intentarlo alguna vez —replica Estrid de forma severa—. Pararte a pensar las cosas.

—¡Idiota! —suelta de golpe Viggo—. ¡Asqueroso!

—Viggo... —tercia Magnar con ánimo conciliador, aunque Viggo no quiere calmarse.

—¿Te crees muy gracioso? —exclama—. ¿Te gusta asustar a los niños?

De repente, por encima de ellos, una voz estridente empieza a gritar de forma nerviosa:

—¡Síiii! ¡Asustar niños! ¡Divertido!

Arriba, en el tejado, resuenan unos pasos correteando, como si fueran grandes ratas brincando sobre las tejas.

—¿Qué es eso? —pregunta Alrik.

—¡Imps! —responde Magnar.

Tres pequeños monstruos asoman por el tejado. Son del mismo tamaño que los gatos y corren a dos patas, igual que los humanos; los largos brazos les llegan hasta el suelo, tienen la cabeza chata y unos ojos

negros malvados y brillantes; no tienen orejas ni nariz, sólo unos orificios en medio de la cabeza. El sonido de sus zarpas arañando las tejas mientras trepan de un lado a otro hace que a Viggo y a Alrik se les pongan los pelos de punta.

Los imps vociferan a cuál más fuerte.

—¡Cena serás!

—¡Muerte te daremos!

Viggo mira a su alrededor aterrorizado. ¿A quién se dirigen? ¿A la criatura del bosque? Las luces exteriores de la cabaña no iluminan mucho. La luna brilla con un blanco resplandor, pero todo está muy oscuro entre los árboles. ¿Acaso están viendo algo que él no ve? ¿O es que huelen al monstruo?

—¡Sangre! —aúllan los imps—. ¡Saaaaangre!

Bajan del tejado deslizándose sobre el vientre y se quedan sujetos al canalón de la casa, enseñando unos dientes afilados y lanzando zarpazos al aire. Viggo está cerca de la pared, así que se ve obligado a apartarse hacia atrás rápidamente.

—Sucias alimañas —murmura Magnar.

—Si siguen chillando de ese modo atraerán a eso que hay entre los árboles, sea lo que sea —advierte Estrid.

—Uno solo no podría matar más que a un perro pequeño —explica Magnar—. Sin embargo, son muy peligrosos en grupo. No me gustaría encontrarme con tres de ellos a solas y desarmado.

—Pero ¿qué es lo que son? —pregunta *Hey*Henry.

—Imps. Son... —comienza a explicar Magnar antes de ser interrumpido por el ruido de algo que ha caído al suelo detrás de Alrik.

Uno de los imps le ha lanzado una teja y ha fallado por poco.

—¡Cuidado! —exclama Viggo justo después de que otro imp haya aflojado otra teja y se disponga a arrojarla.

Los pequeños monstruos empiezan a trabajar en equipo: uno de ellos va pasando las tejas a los otros dos que se han parapetado en el canalón de la casa y empiezan a lanzarlas tan fuerte como pueden. Se ríen y dan alaridos; sus finas colas se agitan en el aire de lo bien que lo pasan.

De repente: ¡ZAS! Uno de los imps sale volando por los aires y aterriza en el suelo con un ruido sordo.

Estrid ha echado mano de un palo largo de color naranja, uno de esos que se clavan en la nieve a los lados de la carretera para indicar a los conductores dónde acaba la calzada. Si hay una cosa en la que es buena Estrid es en una pelea con palos y varas. Alrik y Viggo ya la han visto antes en acción.

Estrid lanza latigazos silbantes con el palo, el cual hace girar en el aire como la hélice de un helicóptero.

¡BAM! Golpea a otro de los imps antes siquiera de que éste tenga la oportunidad de reaccionar. Ya hay dos imps sin vida sobre la hierba.

El tercero escapa del alcance de Estrid rápido como un rayo e intenta con dificultad salir por la chimenea. Entonces, Alrik se une a la pelea, coge dos trozos grandes de una teja rota y apunta al último de ellos.

¡Justo en el blanco! El imp se precipita al vacío por el otro lado del tejado. Estrid da la vuelta a la casa a toda prisa. Los demás se apresuran detrás de ella y llegan justo a tiempo para ver cómo lo remata pisoteándolo con una de sus pesadas botas de jardinero.

Alguien le da un golpecito a Viggo en el hombro. Se vuelve y se queda cara a cara con otro imp.

Está a punto de gritar, pero entonces se percata de que es sólo *Hey*Henry, que ha cogido uno de los imps muertos y lo ha levantado del pescuezo poniéndoselo en la cara.

—¡Jajaja! —ríe *Hey*Henry—. ¡Aquí el colega casi te echa las zarpas encima, ¿eh?! Habrías perdido un ojo. Serías igual que yo, ¿eh?

*Hey*Henry abre la boca para añadir algo más, pero Viggo lo empuja con fuerza en el pecho. Alrik se percata de que hay lágrimas en los ojos de su hermano. Entonces, Viggo se da la vuelta y sale corriendo.

—¡No! —le grita Alrik—. No lo hagas... ¡Puede ser peligroso! ¡Espera!

Es muy típico de Viggo salir corriendo de esa manera. ¿Es que se ha olvidado de la criatura del bosque? Hace nada mató a un ciervo. ¡Podría matar a un chico en un santiamén!

—Todo por tu culpa —dice Alrik a *Hey*Henry soltándole un bufido.

A continuación, echa a correr tras su hermano tan deprisa como puede. No se atreve a gritar. ¿Quién sabe lo que habrá al acecho entre esos gruesos árboles?

CAPÍTULO 21

Geocaching

Alrik recorre el camino de vuelta a casa corriendo. Bueno, en realidad no es su casa. Alrik y Viggo viven con Laylah y Anders. Están en régimen de acogida, aunque Laylah los llama sus «chicos extra». «¡Éstos son mis chicos extra!», dice. Suena mejor.

Alrik se quita los zapatos a toda prisa y sube corriendo a la habitación del segundo piso que comparte con su hermano.

Viggo está tumbado debajo de la colcha de la cama con la ropa aún puesta jugando a Plants vs. Zombis en el móvil. Alrik se sienta al borde de la cama y comienza a mandarle un mensaje de texto a Magnar haciéndole saber que han llegado bien a casa. No tarda mucho en sonar un pitido con la respuesta entrante.

—Es de Magnar —informa Alrik—. Dice que ellos también han llegado bien a casa.

—Vuelve a escribirle y dile que se vaya a la mierda —responde Viggo cortante.

Alrik ignora a su hermano.

—Magnar dice que Henry te envía recuerdos.

Viggo continúa disparando manzanas a los zombis en su móvil haciéndoles perder brazos y piernas.

—Dile que odio a su estúpido hermano. ¡Que es totalmente subnormal!

Alrik continúa escribiendo en el móvil.

—Magnar reconoce que Henry es un poco especial, aunque asegura que, en realidad, es muy buena persona.

Viggo no responde. Se quita los pantalones y los tira al suelo enfadado antes de echarse de nuevo en la cama.

—Magnar cree que es mejor que nos vayamos a dormir —continúa Alrik—. No cree que vaya a pasar nada más por hoy.

Sin embargo, Magnar se equivoca.

Justo donde empieza el pueblo de Mariefred, hay unas viejas ruinas en una colina. Un hombre mayor está dando un paseo nocturno cerca de ellas. No obstante, no se trata de un paseo normal. No, el hombre tiene una misión: está haciendo *geocaching*; o lo que es lo mismo, buscando tesoros con GPS, como normalmente les explica a sus amigos que no saben lo que es. Desde que se jubiló, el *geocaching* se ha convertido en su nuevo y mayor hobby. Ha hecho amigos con el *geocaching* por toda Suecia. ¡Por todo el mundo! La cosa consiste en esconderse pequeños tesoros los unos a los otros e intentar encontrarlos con la ayuda de acertijos e indicaciones que cuelgan en la web del club.

—Vamos a ver —murmura el hombre para sí mismo mientras examina la pantalla de su smartphone.

Según el GPS, el tesoro debería andar cerca en alguna parte.

El hombre mira alrededor. La luna arroja una luz fantasmal sobre las ruinas. Sopla un viento frío. Siente un escalofrío, de modo que se levanta las solapas de la chaqueta.

A continuación, se agacha y comienza la búsqueda. Va alumbrando con la luz de su linterna la tierra que pisa y apartando a un lado ramas y arbustos. Escudriña con la punta del pie un lugar donde la hierba parece extinguirse y pierde su mirada entre las grietas y los posibles escondrijos del suelo. Nada. A continuación, comienza a buscar metiendo los dedos entre las piedras de los muros derrumbados de las ruinas y, de repente..., ¡palpa algo! El tesoro.

El hombre extrae una pequeña bolsa de plástico cerrada herméticamente, la abre y saca un pequeño bloc de notas de esos que ponen siempre en estas bolsas entre un montón de otros pequeños objetos. Acto seguido, escribe su nombre, la fecha y la hora que es. Está encantado de ver que es la primera persona en haber encontrado este particular hallazgo.

De repente, oye el sonido de unas ramas rompiéndose cerca de él. ¿Qué ha sido eso? Levanta la vista, pero no ve nada.

El hombre sigue hurgando dentro de la bolsa de plástico. Finalmente, escoge un cubo de Rubik, que, acto seguido, se guarda en el bolsillo de la chaqueta. Del otro bolsillo saca un paquete de cartas y lo introduce dentro de la bolsa. Eso es lo que se hace en el *geocaching*: si sacas algo, tienes que meter otra cosa dentro. Después, el hombre vuelve a sellar herméticamente la bolsa y la coloca de nuevo donde la encontró.

—¡Ya está! —exclama frotándose la suciedad de las manos.

En ese momento le llega un intenso olor. Vaya, ¿le viene de las manos? ¿Qué es lo que ha tocado? Se lleva los dedos a la nariz. No, el olor llega de alguna otra parte.

Oye un sonido detrás de él, el sonido de algo que cruje con estrépito, como cuando una piedra se hace añicos en una trituradora.

El hombre se queda helado. Hay alguien detrás de él. Más bien, hay ALGO detrás de él. La linterna se le cae al suelo. No se atreve a darse la vuelta. El crujido ha hecho que lo invada un terror escalofriante.

Entonces comienza a ver cómo la hierba se abalanza sobre él, aunque un instante después comprende que, de hecho, lo que ocurre es que ha caído al suelo de bruces. Nota un peso enorme sobre la espalda.

Y todo se vuelve negro.

CAPÍTULO 22

Guerra de comida y magia

—¿Quién cumple doce años mañana? —pregunta Laylah a la hora del desayuno mientras despeina cariñosamente a Alrik.

Siempre hace lo mismo. Es incapaz de pasar por delante de Alrik y de Viggo sin tocarlos. No los abraza ni nada, sólo les pone la mano en el hombro, les da una palmadita en la mejilla, cosas así... como si fuera la cosa más natural del mundo, como si lo hiciera sin darse cuenta siquiera.

Alrik se encoge de hombros y se mete una cucharada de cereales en la boca haciendo como si le importaran un bledo los cumpleaños.

—Mamá viene a recogernos mañana —dice Viggo visiblemente feliz—. ¡Vamos a celebrarlo!

—Sí —asiente Laylah—. Por eso nosotros vamos a hacerle la fiesta a Alrik esta noche.

Alrik se encoge de hombros una vez más.

—Yo siempre he pensado que los cumpleaños son importantes —afirma Laylah poniéndose seria—. ¡Voy a hacer una tarta de merengue de chocolate que nos va a tener en coma diabético durante semanas! Y también voy a hacer *baclava*, los pastelitos árabes que me preparaba mi abuela.

Desaparece escaleras arriba y, enseguida, oyen el sonido de su cepillo de dientes eléctrico en el baño. Anders se ha ido ya a trabajar. Viggo y Alrik se quedan solos en la cocina.

—¿Qué crees que te va a regalar mamá por tu cumpleaños? —pregunta Viggo—. Me dijo por teléfono que tenía una gran sorpresa.

Alrik no responde. En el fondo le duele ver a Viggo tan feliz ante la idea de que su madre vaya a visitarlos, verlo echarla tanto de menos. Alrik sabe mucho mejor que él que podría perfectamente no presentarse; o, lo que es peor, podría aparecer borracha y sin regalo ninguno. Es mejor no echarla de menos. De esa forma, uno no acaba decepcionado.

—¿Holaaa? —dice Viggo elevando el tono de voz—. ¿Soy invisible o qué? ¿Me puedes responder?

—No podría importarme menos mamá —responde Alrik.

Le sale de una forma mucho más amarga de lo que le gustaría, pero no puede remediarlo.

—No podrían importarme menos ella y sus regalos, ¿vale?

—¿Qué quieres decir? —pregunta Viggo repentinamente apesadumbrado.

—Ni siquiera creo que venga. No es más que una vieja colgada.

¡CRASH!

Viggo le ha tirado el cuenco de leche con cereales a Alrik, pero ha fallado, de modo que ha acabado rompiéndose contra la pared detrás de su hermano. Hay restos de cereales sobre la mesa, en el suelo y en el pelo de Alrik.

—¡¿Qué estás haciendo?! —grita éste segundos antes de que Viggo le tire también un trozo de tostada.

A continuación, el tarro de mantequilla de cacahuete sale volando. Alrik se agacha. El bote de cristal golpea en la pared pero no llega a romperse, sino que aterriza con un ruido sordo en el suelo y sale rodando.

Laylah llega corriendo escaleras abajo.

—¡Chicos! —exclama—. Pero ¿qué narices...?

No acaba la frase porque resbala con la leche derramada por el suelo; aunque, en el último minuto, consigue mantener el equilibrio apoyándose en la encimera y evita caerse de bruces.

Viggo se levanta y derriba la silla a su espalda. Sujeta con fuerza un queso de bola en la mano, listo para lanzarlo.

—¡Alrik dice que mamá no vendrá mañana! —grita Viggo.

Tiene lágrimas en los ojos. Alrik se protege la cabeza con las manos.

—¡Mamá prometió que vendría! —exclama Viggo—. Dijo que tenía una sorpresa increíble. ¿No, Laylah? ¿Verdad que viene?

—Ella dijo que vendría —responde Laylah despacio—. Pero no puedo prometerte que lo haga. ¿Quieres, por favor, dejar ese queso, Viggo?

Viggo se abre paso empujándola, pisa encima de los cereales y se le mojan los calcetines, pero ni lo nota. Se calza los zapatos en un abrir y cerrar de ojos y sale corriendo de la casa sin ni siquiera cerrar la puerta.

Viggo bate su récord personal al recorrer a toda pastilla los cien metros cuesta arriba por Munkhagsgatan y cuesta abajo por Djurgårdsgatan hasta el colegio. No se frena lo más mínimo hasta llegar al pie de la colina que sube hasta la iglesia. Al llegar a ese punto, no sólo se le ha acabado el fuelle sino también el sentimiento de rabia. El corazón le late deprisa y tiene flato en un costado. Se da cuenta de que tiene húmedo uno de los calcetines, de modo que se detiene para quitárselo; prefiere no llevarlo a ir con esa sensación desagradable en los pies.

Viggo se quita el zapato, se saca el calcetín y se lo mete en el bolsillo.

Mientras permanece agachado, alguien se le acerca. Al principio, todo lo que ve son unos harapientos pantalones de pana marrón remetidos dentro de unas bastas botas de piel de borrego.

—¡Hey, hey! —saluda una voz por encima de él.

Viggo la reconoce y levanta la mirada. Es ese idiota, el hermano de Magnar y Estrid, el tuerto Henry. *Hey*Henry. Hoy sí tiene ojos, aunque es obvio que uno de ellos es de cristal. Parece como si fuera bizco ya que mira constantemente en direcciones opuestas.

No tiene mucho pelo, pero sus cejas son abundantes. Lleva el abrigo mal abotonado y las mangas, que le quedan largas, raídas en los extremos. Tiene el aspecto de esos vagabundos que duermen en la calle y guardan todas sus pertenencias en un carrito de la compra.

—No quiero hablar contigo —contesta Viggo con gesto adusto.

—Ya lo sé, chaval —dice *Hey*Henry—. Pero, bueno, ¿acaso no has hecho nunca nada sin pararte a pensarlo? ¿Algo de lo que después te arrepientes?

Viggo abre la boca para decir algo, pero vuelve a cerrarla. Se acuerda del cuenco de cereales roto.

—No es asunto tuyo —masculla.

—No, claro que no... —asiente *Hey*Henry—. ¡Hey! ¿Qué tal si te doy diez coronas? ¿Me perdonarás?

Extiende la mano mostrándole una moneda de diez coronas en la palma. Viggo la mira furioso. ¿Lo habrá tomado este vejestorio por un niño pequeño o qué?

—Es poco, ¿no? —insiste *Hey*Henry cerrando la mano con la moneda en su interior—. Supongo que tu perdón vale un poco más que eso.

Sopla sobre su mano cerrada y vuelve a abrirla a

continuación. La moneda de diez se ha transformado en un billete de veinte coronas.

Viggo se queda mirando fijamente el billete.

—¿Aún no es bastante? —pregunta *Hey*Henry con el ceño fruncido.

Vuelve a cerrar la mano y apoya el puño contra la frente. A continuación, vuelve a abrirlo: el billete de veinte coronas se ha convertido en uno de cincuenta.

—¡Será posible...! —exclama *Hey*Henry—. ¡Si quieres más, vas a tener que contribuir tú también en algo!

Cierra la mano alrededor del billete de cincuenta coronas y la aproxima hasta la oreja de Viggo. Luego, la retira de nuevo y vuelve a abrirla. Hay un billete de cien coronas doblado sobre la palma.

Viggo se ha quedado boquiabierto. «¿Cómo lo ha hecho?», se pregunta.

—¿Qué? ¿Estoy perdonado? —pregunta *Hey*Henry con una sonrisa pícara y los ojos más bizcos que nunca.

Viggo baja la mirada hacia el billete. Cien coronas. Podría usarlas para comprarle algo a Alrik por su cumpleaños. ¿Por qué tuvo que cabrearse tanto? Si le hace un buen regalo, tal vez todo vuelva a arreglarse entre los dos. Acto seguido, le arrebata el billete de la palma de la mano a *Hey*Henry.

—Por cien coronas no estás perdonado del todo —dice Viggo—. Pero sí al veinticinco por ciento.

*Hey*Henry se encoge de hombros.

—Vale, chaval.

Viggo mira la hora en su teléfono móvil.

—Tengo que irme al colegio —advierte—. ¡Si me enseñas cómo hacer ese truco te perdonaré otro cincuenta por ciento!

—¿Qué? —exclama *Hey*Henry con fingida indignación—. ¿Es que no sabes que un mago nunca revela sus trucos? Quiero el setenta por ciento por el dinero más el truco. Es mi última oferta.

—¡El sesenta!

*Hey*Henry se pone las manos en la cara fingiendo desesperación. A continuación, hace como que se saca un billete de veinte coronas de la nariz y exclama:

—¡El sesenta y cinco! Más este bonito billete de veinte.

—¿Bonito? ¡Te lo acabas de sacar de la nariz! —exclama Viggo riéndose.

Este tío está loco; aunque, en cierto modo, también mola.

—¡Trato hecho! —concluye Viggo antes de agarrar las veinte coronas y salir corriendo hacia el colegio.

—¡Hey! —dice *Hey*Henry levantando la voz—. ¡Sabes que sólo llevas un calcetín, ¿no?!

Sin embargo, Viggo no lo oye. Va corriendo lo más rápido posible mientras piensa lo rara que es la gente que hay por el mundo.

Poco después de haber tomado conciencia de ello y antes, de hecho, de que acabe el día, conocerá a alguien mucho más raro aún que *Hey*Henry.

CAPÍTULO 23

¿Tienes hambre?

—¿Qué ha pasado? —pregunta Laylah mirando el caos en la cocina y el queso de bola en el suelo, justo a sus pies, donde Viggo lo dejó caer.

Alrik no responde. Ni siquiera sabe por dónde comenzar a explicárselo. A veces ocurren tantas cosas en tan poco tiempo...

Laylah permanece en silencio un instante; a continuación suspira y le dice a Alrik que se cambie de camisa y se lave el pelo.

—Date prisa o llegarás tarde al colegio. Y ¿podrías hacerme un favor? Llévate la mochila de Viggo y dásela. Te haré un sándwich para que te lo comas por el camino.

Alrik coge el sendero que va por la parte de atrás a la escuela, el que pasa junto al cementerio y cruza un pequeño bosquecillo lleno de setos por el que nunca va nadie.

Tan sólo un muro de piedra separa el cementerio del patio del colegio. Uno puede sentarse sobre él y estar completamente a solas a pesar de estar a escasos metros del colegio. Y Alrik necesita estar solo. Solo un rato, un ratito.

Se sienta y empieza a comer el sándwich. Viggo es muy sensible con este asunto. Alrik lo sabe. Y cuando Viggo se enfada, se vuelve realmente loco.

«¿Por qué no mantuve el pico cerrado? —piensa Alrik—. Tal vez Viggo tenga razón. Tal vez, mamá sí venga mañana. Tal vez traiga una sorpresa, tal como prometió por teléfono.»

Comprueba su reloj: hora de irse. Tiene que pasarse además por la clase de cuarto y darle a Viggo su mochila, y decirle algo agradable para hacer las paces.

Sin embargo, justo cuando Alrik está a punto de bajar del muro de un salto, observa algo que lo hace detenerse en seco.

Un perro está acurrucado en la arboleda, durmiendo en el interior de una pequeña hendidura en la tierra en la que ha decidido refugiarse hecho una pelota.

El corazón de Alrik casi se detiene. Una oleada de ternura lo traspasa por dentro. Un perro muy bonito y completamente solo durmiendo al sol, agazapado como un pequeño cachorro con el hocico debajo de la cola.

El perro se despierta como si hubiera notado que lo

observaban y mira fijamente a Alrik antes de ponerse rápidamente a cuatro patas.

—Lo siento —susurra Alrik—. No quería asustarte.

El perro retrocede un poco. Entonces, Alrik se da cuenta de lo flaco y sucio que está. Es blanco y negro, con una oreja caída hacia abajo y la otra apuntando hacia arriba, y una mancha también negra alrededor del ojo. No lleva collar. ¿Es que no tiene dueño?

—¡Espera! —exclama Alrik—. ¿Tienes hambre?

Arranca un poco de su sándwich y se lo lanza al perro.

Éste retrocede al principio, pero luego comienza a olisquear en el aire y se aproxima al precioso bocado con cautela. Por fin, reúne el valor necesario, va directamente hacia el trozo que yace entre la hierba y lo engulle de golpe. A continuación, levanta la cabeza y mira a Alrik.

«¿No tienes más?», parece preguntar el animal.

—Sí. Toma —le susurra Alrik antes de arrojarle otro pedazo, no tan lejos esta vez.

El perro se aproxima ansioso hacia él y vuelve a zampárselo de un bocado. Ahora está a sólo unos metros de Alrik. Probablemente también tenga sed.

Ambos se miran a los ojos.

Alrik sostiene lo que le queda de sándwich en la mano. El perro parece dudar, pero lo desea de tal manera que acaba dando un paso en su dirección. Luego uno más. Y otro. Siempre vigilando a Alrik con precaución en todo momento.

—Aquí tienes —murmura Alrik con voz suave.

El animal levanta el húmedo hocico. Sin embargo, justo cuando se disponía a comer de la mano de Alrik, gira la cabeza y enseña los dientes. Un segundo más tarde, algo cruza volando por el aire. El perro comienza a gemir por el impacto de la piedra.

Alrik se da la vuelta rápidamente y ve a Simon sobre el muro, muy cerca de él. Estaba tan absorto con el perro que no había oído a Simon acercarse sigilosamente por detrás. Simon es el que ha tirado la piedra, un mocoso malcriado que va a la clase de Viggo y con el que ya en una ocasión anterior acabó peleándose.

—¡En todo el blanco! —exclama Simon.

A continuación, se agacha y coge otra piedra.

—¡No! —grita Alrik.

Simon sonríe y la lanza.

—¡Otra vez en el blanco!

Alrik se abalanza sobre Simon y se ponen a pelear cuerpo a cuerpo sobre el muro, arañándose con las piedras afiladas. Caen y salen rodando en un amasijo de brazos y piernas, pegándose el uno al otro. Finalmente, Alrik inmoviliza a Simon sujetándole la cara contra el suelo.

—¡Parad esta locura inmediatamente! —ruge de repente la voz de un hombre.

En ese momento, Alrik nota cómo lo agarran con fuerza de la nuca.

CAPÍTULO 24

¿Qué habíamos dicho
sobre lo de mentir, Alrik?

La mano que lo agarra de la nuca aprieta con más fuerza, de modo que Alrik se ve obligado a soltar a Simon. El hombre que lo sujeta es el profesor de manualidades, Thomas, el padre de Simon.

—¿Qué estáis haciendo vosotros dos? —pregunta Thomas recuperando el aliento.

—¡Alrik me ha empujado! —lloriquea Simon—. Yo no he hecho nada. Sólo estaba en el muro y entonces viene y me dice que no puedo andar por ahí..., y entonces..., entonces me ha tirado al suelo y ha empezado a pegarme.

Simon comienza a gimotear un poco más alto para dar más consistencia a su historia.

—Le acaba de lanzar una piedra a un perro —protesta enfadado Alrik—. Yo estaba dándole de comer.

—No es verdad. Está mintiendo —replica Simon escondiéndose detrás de su padre.

Thomas continúa sujetando con fuerza a Alrik del pescuezo.

—¿Qué habíamos dicho sobre lo de pelearse, Alrik? —pregunta Thomas.

Su tono de voz parece calmado, pero las aletas de la nariz se le dilatan de ira.

—¿Sabes qué? —prosigue Thomas—. Simon tiene derecho a subirse al muro si quiere. No te pertenece, si es eso lo que te has creído.

—¿Por qué iba a importarme que caminara por el muro? —dice Alrik levantando la voz—. ¿Es que no me ha oído? ¡Le ha tirado una piedra a un perro!

Thomas hace como si mirara a su alrededor mientras continúa sin soltar a Alrik.

—Yo no veo ningún perro —replica—. Y tampoco lo he visto antes. ¿Qué habíamos dicho sobre lo de mentir, Alrik?

—¡Ay! ¡Suélteme! —grita éste.

—Muy bien. Te daré otra oportunidad. No le contaré a nadie lo que ha ocurrido. Seré bueno por esta vez. Pero tienes que prometerme que te portarás bien de ahora en adelante.

Thomas suelta a Alrik y le da un pequeño empujón.

—Aquí había un perro hace un minuto. Simon está mintiendo —masculla Alrik entre dientes.

Coge su mochila y la de Viggo a toda prisa y sale corriendo en dirección al colegio. Odia a Simon y a su estúpido padre. ¡Los odia!

—¡Si hubiera habido un perro suelto hace un minuto, que no lo había..., pero si lo hubiera habido..., entonces deberías andarte con ojo! —le grita Thomas mientras Alrik se aleja—. ¿No has oído las noticias esta mañana? A un señor lo mordieron anoche junto a las ruinas y lo mataron.

En el colegio todo el mundo habla, precisamente, del hombre que mataron ayer junto a las ruinas, de los espeluznantes mordiscos que tenía por todo el cuerpo, del hecho de que haya un perro asesino suelto por Mariefred. Muchos padres van a recoger a sus hijos al colegio en coche, ya que no se atreven a dejarlos volver a casa por su cuenta.

Más tarde, Viggo y Alrik acompañan a Magnar a las ruinas. Ya no están enfadados.

—¿A qué árbol me subo? —le pregunta Viggo a Alrik mientras corre haciendo círculos a su alrededor.

Alrik le señala distintos árboles y Viggo comienza a trepar.

—¡Miradme! —grita—. ¡Miradme!

El jefe de Magnar, el guarda del castillo, los espera arriba, junto a las ruinas. Lleva el pantalón del traje remetido dentro de las botas de caucho. Parece abatido y exhausto; suspira y se pasa la mano por la corbata como si ésta fuera un pequeño animal que necesita ser adiestrado y tranquilizado.

—¿Fue aquí donde lo encontraron? —pregunta Magnar en voz baja.

Los muros de piedra de las ruinas se erigen ante sus ojos. Los techos y tejados han desaparecido, igual que todo lo que, en su momento, fue construido en madera. Ni siquiera queda el suelo, sino que la hierba crece salvaje en el interior de los muros derruidos, igual que lo hace fuera, donde ellos se encuentran en ese momento.

—Sí, éste es el lugar —murmura el guarda señalando un punto frente a ellos donde la hierba amarillea y la tierra parece haber sido revuelta.

Se ven claramente las huellas de unas enormes patas, así como una gran cantidad de pelo grueso desperdigado por todas partes y un montón de finas piedrecitas.

—Mira esto, Magnar —dice el guarda—. ¡Todo este pelo! Se parece al que encontramos en Hjorthagen. Debe de tratarse del mismo animal, ¿no?

Magnar farfulla algo entre dientes. Acto seguido, se agacha y recoge un pelo con los dedos: es afilado como una cuchilla de afeitar y duro como una aguja. Examina algunas de las piedrecitas y mueve la cabeza desconcertado.

—La policía se está tomando el asunto muy en serio, por supuesto —comenta el guarda—. Me he enterado de que un perro callejero ha sido visto en los alrededores de Mariefred a lo largo de los últimos días. ¿Alguno de vosotros lo ha visto?

Viggo niega con la cabeza.

Alrik piensa en el perro flacucho de la arboleda, en el modo en que apenas se atrevió a comer de su mano... Sin embargo, niega también con la cabeza.

—Muy bien —dice el guarda—. ¡Debemos proteger la propiedad de la Casa del Rey! Quiero que pongas un letrero bien grande a la entrada de Hjorthagen y otro junto al castillo. Escribe en él que todos los perros han de llevar correa y las verjas deben quedar bien cerradas tanto al entrar como al salir la gente. Es muy importante que...

De repente, un ruido ensordecedor interrumpe al guarda a mitad de la frase. Todos se dan la vuelta. El persistente sonido se hace más y más fuerte.

Una enorme moto negra aparece por el camino que lleva a las ruinas. La tierra parece vibrar bajo sus pies según se aproxima.

—¡Guau! —exclama Viggo.

Un segundo después, nadie puede oír ya nada más aparte del sonido del motor a medida que el enorme artefacto sube por la ladera de hierba para ir a su encuentro. Viggo y Alrik se tapan los oídos con las manos.

El conductor se detiene justo frente a ellos, apaga el motor y se quita el casco.

Viggo y Alrik se quedan sorprendidos al verlo. El hombre lleva una barba negra larga y trenzada que le cae sobre el pecho, y el pelo también recogido en una trenza que le cuelga a lo largo de la espalda.

El hombre baja de la moto y la aparca. Es posible que sea la persona más alta que Alrik y Viggo hayan visto en su vida. Lleva unos pantalones de cuero negros y un largo abrigo de piel. Los ojos le brillan debajo de unas espesas cejas. Tanto su ropa como la moto están cubiertas de una gruesa capa de polvo.

Se acerca a ellos. El guarda del castillo pone una cara que parece recortada de una de esas fotos que les sacan a la gente en el parque de atracciones justo cuando caen desde lo más alto de la montaña rusa.

—¡Está prohibido! —grita con voz aguda—. ¡Está terminantemente prohibido ir en moto por la hierba!

CAPÍTULO 25

Damir

El conductor de la moto no presta oído a las protestas del guarda y comienza a examinar al pequeño grupo con una mirada inquisitiva. Alrik y Viggo no pueden evitar, a su vez, quedarse mirándolo fijamente. No se parece a nadie que hayan visto antes, y eso que su madre ha llevado a casa a unos cuantos novios de aspecto dudoso a lo largo de los años. ¡Con sólo fijarse en su nariz...! Es como si estuviera comprimida contra la cara, dos grandes orificios nasales como dos líneas trazadas en mitad de ese rostro cubierto de polvo.

—¿Magnar Mimer? —pregunta con voz profunda.

—Ése soy yo —responde Magnar.

—*Pax Mariae* —dice el hombre.

Magnar parece un tanto desconcertado, y tarda unos segundos antes de contestar:

—*Pax... Pax Mariae.*

—*Omnia mea mecum porto* —prosigue el hombre.

42

Magnar parece intentar hacer memoria antes de replicar finalmente:

—*Tecum porto.*

El hombre se dirige al guarda del castillo y le dice de forma amenazadora:

—¡Largo!

Éste pega un respingo como si acabara de despertar de golpe de un sueño.

—Oh, por favor, no permitáis que os moleste mi presencia —dice haciendo una pequeña reverencia, como si el extraño fuera de la familia real o algo así.

Entonces, da media vuelta y se aleja a paso ligero. Tiene un aspecto bastante curioso: un hombre mayor trajeado y con botas de caucho corriendo por el camino de tierra y agarrándose la corbata con fuerza, casi como si fuera tirando él mismo de una correa que llevara alrededor del cuello.

El extraño se vuelve hacia los demás. Alrik está impresionado por la gracia y la soltura de sus movimientos, es como si su elevado cuerpo estuviera constantemente en mitad de un parsimonioso y equilibrado número de danza.

—Me llamo Damir —dice—. Hechicero del Círculo de los Guerreros Indigentes. Vengo en busca del consejo de la biblioteca.

Magnar parece completamente anonadado.

—Bienvenido —responde—. Durante todo el tiempo en que hemos sido guardianes de la biblioteca no hemos recibido ni una sola visita. Déjame que te presente a Alrik y a Viggo. Son... Nos ayudan a mi hermana y a mí en la biblioteca.

—Entiendo —asiente Damir saludando con un gesto de cabeza a los chicos.

Magnar se pasa la mano por el pelo blanco, recolocándoselo.

—Disculpa si todo parece estar un poco patas arriba. Hemos tenido algunos problemas en Mariefred con... Bueno, no sabemos aún con exactitud de qué se trata.

—Mataron a un viejo aquí anoche —dice Viggo alzando la voz—. ¿Crees que fue un perro, Magnar? ¿Un perro rabioso?

Damir se pone en cuclillas y pasa la mano por encima de la tierra. Acto seguido, se huele los dedos.

—Un perro no —dice secamente—. No un perro normal, al menos.

En ese mismo instante, el teléfono móvil de Alrik emite un pitido.

CAPÍTULO 26

El mejor regalo, ¿o no?

Alrik comprueba su teléfono y ve que tiene un nuevo mensaje de texto de Laylah:

Qué aburrido celebrar un cumpleaños sin el chico que cumple años... He atado a Anders y lo he encerrado en el cobertizo de las herramientas para evitar que abra los regalos. Ven a casa. Bss.

—¡Tenemos que irnos! —dice Alrik enseñándole el mensaje a Viggo.

Éste siente como si lo partieran en dos: una parte tiene ganas de ir corriendo a casa para celebrar el cumpleaños de Alrik con Laylah y con Anders. Todavía no le ha comprado ningún regalo, pero puede hacerlo mañana cuando llegue mamá; la otra parte de su ser quiere ir a casa de Magnar y Estrid y conocer mejor al tal Damir. ¡Qué tío más guay! ¡Qué moto! Aunque, en realidad, cuando se trata de comer pastel y ayudar a abrir regalos, ¿hay algo más importante?

Cuando Alrik y Viggo abren la puerta del jardín, todo parece desierto y bastante silencioso. Entran en la casa y dicen: «¿Hola?». Sin embargo, nadie responde. ¿Dónde están Anders y Laylah?

—No lo tendrá de verdad atado en el cobertizo, ¿no? —pregunta Viggo.

—¿Qué eres? ¿Tonto? —responde Alrik.

Aun así, abren la puerta del cobertizo para asegurarse. En el interior hay un globo amarillo atado a una pala. «¡PÍNCHAME!», pone escrito con rotuladores de colores.

Alrik coge unas tijeras de podar que hay colgadas en un gancho en la pared y pincha el globo, el cual estalla con un gran ¡BANG! Entre los restos del globo hay un trozo de papel enrollado.

«Lo más arriba que se puede ir dentro de la casa», dice la nota.

Alrik y Viggo se miran el uno al otro y gritan al unísono:

—¡El desván!

Entran corriendo en la casa, suben la escalera que lleva al segundo piso agarrándose y empujándose, igual que al tirar para abrir la puerta y entrar alborotadamente.

Hay un enorme paquete envuelto en papel de regalo en mitad del desván.

—¡Ábrelo! ¡Ábrelo! —aúlla Viggo emocionado.

—Échame una mano —dice Alrik sonriendo.

Ambos se ponen a arrancar el envoltorio al mismo tiempo. El papel marrón y la cinta adhesiva salen volando por el aire.

Es una bicicleta BMX.

—¡Guau! —exclama Alrik—. ¡Increíble!

Los dos bajan a hombros la bicicleta escaleras abajo. Cuando llegan al último peldaño, aparecen de la nada Anders y Laylah gritando:

—¡FELICIDADES!

Acto seguido, le cantan el *Cumpleaños feliz*, aunque Viggo, más que cantar, chilla. Alrik se pone las manos en los oídos y dice entre risas:

—¡Piedad!

Laylah va hacer brochetas de cordero. Alrik quiere comérselas en el jardín. La verdad es que hace un poco de frío, ¡pero tienen un jardín y una mesa de terraza! Por supuesto que tienen que comer fuera... Mientras los chicos colocan las servilletas de fiesta y las serpentinas, Laylah le pregunta a Alrik al tiempo que saca la parrilla:

—¿Te ha gustado la bicicleta?

—Estáis locos —responde Alrik mirando encantado la BMX.

—Lo que quiere decir es «gracias» —interviene Viggo—. ¿Puedo probarla?

—Primero Alrik —dice Anders con gesto serio mientras saca a la terraza otros tres paquetes envueltos también en papel de regalo.

Dentro de ellos hay una cadena con un candado para la bici, un casco y una sudadera con capucha de color gris.

—Genial —dice Viggo dando su aprobación a la sudadera, que tiene el dibujo de una gran cerradura amarilla en el pecho—. Vamos, pruébala para que pueda hacerlo yo también...

Un alegre ladrido lo interrumpe a mitad de la frase y, acto seguido, un pequeño perro blanco peludo aparece corriendo por el césped.

—¡Jajaja! —ríe Viggo—. ¡Mirad esa pequeña bola peluda!

Alrik mira a Anders y a Laylah. No le habrán comprado un perro también, ¿verdad?

No, ambos parecen tan sorprendidos como Viggo y él mismo de ver al peludo animal blanco.

Alrik se pone en cuclillas.

—Ven aquí, *Peludo* —dice medio riéndose.

Al perro parece gustarle su nuevo apodo, porque va corriendo en dirección a Alrik y se pone a saltarle alrededor y a lamerle la cara.

Un instante después, sale corriendo por el césped en dirección a una pelota de tenis que hay cerca del cobertizo. *Peludo* la recoge y la lleva hasta los pies de Alrik mientras ladra de modo alentador. Alrik le lanza la pelota. A continuación, *Peludo* agarra un trozo arrugado de papel de regalo y corre como un loco de un lado a otro del jardín con él en la boca.

En ese momento, se oye la verja del jardín abriéndose y cerrándose de golpe y una voz aguda que dice:

—¡*Otto*! ¡Ahí estás, pequeño pillo! ¡Ya me parecía haberte oído!

Es la enfermera de la escuela, Margareta Melander. O Maggan *la Migrañas*, como todo el mundo la llama en el colegio debido a la nota que, a menudo, hay pegada en la puerta de su despacho: «Me he ido a casa. Tengo migraña».

Ahora está ahí, entrando a saltitos en el jardín con su falda blanca vaquera y sus sandalias con alzas. *Otto* el Peludo corre a su alrededor haciendo círculos, ladrando feliz.

—Lo he recogido esta mañana de la protectora —gorjea—. ¡Y lo primero que hace es escaparse!

Acto seguido, se dirige a *Otto* el Peludo y le habla como si fuera un bebé.

—¿No es así, mi lindo conejito? Pues no se escapa uno de mamita. Eso hace que mamá se asuste muuuucho. Sobre todo ahora, con ese perro asesino suelto —dice dirigiéndose a Anders y a Laylah con voz estremecida—. Espero que vosotros, chicos, no salgáis por ahí esta noche. ¡Oh, Dios mío! ¿Me he colado en una fiesta de cumpleaños?

—Sí... —responde Anders—. Es el cumpleaños de...

—¡Ooohh! —lo interrumpe Maggan *la Migra-ñas*—. ¡Fijaos!

Otto se ha agachado frente a los escalones de entrada a la casa y está haciendo caca.

—¡Oh, *Otto*, qué mono que es! —exclama Maggan—. ¡Mamá ya está contenta!

Se inclina sobre Anders y Laylah y les susurra:

—¡No ha hecho caca en todo el día!

Se dirige dando brincos hasta los escalones de piedra, saca el teléfono móvil y, mientras Anders, Laylah, Viggo y Alrik la observan atónitos, saca unas fotos de los zurullos que *Otto* el Peludo ha dejado.

Entonces, le pone la correa al chiquitín de mamá, se despide con la mano de su audiencia, y Maggan *la Migrañas* desaparece.

Una vez que la verja se ha cerrado tras ellos, Laylah se dirige hacia los demás y dice:

—¿Lo he soñado o ese pequeñajo acaba de hacer caca en la entrada de nuestra casa, ella ha sacado una foto y se han ido?

Sin embargo, Anders, Viggo y Alrik son incapaces de responder porque están tirados boca arriba en el césped muertos de risa.

—Tío, qué simpáticos son Anders y Laylah... —dice Viggo cuando se están lavando los dientes por la noche.

—Ya te digo —contesta Alrik.

Ninguno de los dos comenta nada sobre mamá.

«Mejor así», piensa Alrik. Si no hablan sobre ella, no se arriesgan a pelearse de nuevo.

—Aunque quizá el mejor regalo ha sido que *Peludo* viniera de visita... A pesar de cagarse en los escalones... ¡Jajaja! Por cierto, ¿has visto la cara de Laylah...?

Viggo sigue de cháchara, pero Alrik sólo lo escucha de fondo. Sí, se alegra de que la pequeña criatura pasara por allí; fue gracioso y divertido. Aun así, es el otro perro el que no se le va de la cabeza a Alrik, el que tenía mucho miedo y a pesar de ello se atrevió a acercarse a él lo bastante como para comerse su sándwich. Si Simon no hubiese aparecido...

Alrik abre el grifo del lavabo. Le gusta que Viggo entre a menudo en el cuarto de baño con él. Alrik nunca lo reconocería delante de nadie, pero le asustan los cuartos de baño. Siempre le da miedo cuando tiene que lavarse los dientes por la noche. No porque piense que vaya a haber un asesino detrás de él al mirarse en el espejo, como mucha gente se imagina. No, lo que asusta a Alrik es el agua. Es incapaz de meter la cabeza por completo debajo del agua porque le entra un ataque de pánico. Hay tanta agua en los cuartos de baño, en tantos lugares diferentes: el lavabo, la bañera, la ducha, el retrete...

Se inclina sobre el lavabo, recoge algo de agua con las manos y se moja la cara.

La sensación lo invade de forma repentina. Al principio es como si oliera a humo, no el humo de un incendio, sino el de un cigarrillo. Entonces, el sonido a su alrededor parece desaparecer. La voz de Viggo se desvanece en un balbuceo sin sentido y, en su lugar, comienza a oír una especie de sonido silbante que se va transformando como si fuera un viento cada vez más fuerte, como si se estuviera levantando una tormenta en su interior. Oye la voz de una chica, pero no puede distinguir qué es lo que dice.

Un instante después, empieza a notar un intenso aroma a algo salvaje, una mezcla de olor a tierra y a carne cruda. La tormenta de sonidos en su cabeza se transforma en un rugido, un rugido que procede de unas fauces de las que cuelgan tiras de carne entre unas hileras de dientes afilados.

—¡Alrik! ¿Qué sucede? —grita Viggo tirándole del brazo.

—¿Qué? ¿Qué pasa? —balbucea Alrik.

Está sentado en el borde de la bañera con el agua cayéndole del pelo sobre la sudadera gris nueva. Viggo cierra el grifo del lavabo.

—Has metido la cabeza debajo del grifo del lavabo y ha sido como si, de repente, no pudieras sacarla de ahí, como si algo te estuviera sujetando. Ha sido súper raro. No me asustes.

—Estoy bien —dice Alrik—. No es... nada.

Sin embargo, sí que lo es. Ha sido una visión. Pronto, alguien tendrá graves problemas...

CAPÍTULO 27

Una broma

Viggo y Alrik duermen. En una casa no muy lejos de la suya, una chica de catorce años está sentada en la cama con el teléfono móvil en la mano. Acaba de escribirle un mensaje de texto a su novio, pero no está segura de si debería mandarlo.

¿Por qué eres tan malo conmigo? Cuando tus amigos están cerca te comportas como si yo no existiera.

La chica pulsa el botón de «Enviar», y se arrepiente de inmediato. Debería ignorarlo sin más, hacer como si no le importara.

Ella y su novio llevan un colgante con el nombre del otro grabado, y él no se ha puesto el suyo los últimos dos días. Cuando ella le pregunta el porqué, el chico responde que se lo ha olvidado en casa al salir de la ducha o que se lo ha quitado durante la clase de educación física y no sabe dónde lo ha puesto. Malas excusas que a ella le duelen mucho.

Al cabo de un rato, el teléfono vibra. El corazón le salta del pecho; es de él.

¿Quieres que nos veamos? ¿Junto a las ruinas?

Ella le responde con otro mensaje:

¿Estás loco? Las ruinas de noche: ahí es donde asesinaron al viejo.

Un nuevo mensaje entrante aparece al instante.

¡Cobardica! Yo ya estoy aquí.

Todo está oscuro fuera. De vez en cuando, una ráfaga de viento hace agitarse los árboles. La chica se descuelga desde la ventana de su habitación y llega a hurtadillas hasta su bicicleta. Alcanza a ver a sus padres en el salón de casa. Están viendo una película sentados en el sofá. Pedalea tan rápido como puede. ¡Oh, Dios mío, tiene un miedo de muerte...! Pero él la está esperando allí. Cuando lo vea se sentirá mucho mejor...

Se pone de pie en la bici y pedalea cuesta arriba hasta llegar a lo alto de la verde loma donde se encuentran las ruinas; tiene demasiado miedo como para dejar la bici e ir andando.

Al llegar, se baja finalmente de la bicicleta.

—¿Hola? —llama, aunque no muy alto.

Las ruinas se recortan contra el cielo negro como un castillo fantasma. Siente en el estómago un presentimiento realmente malo. Aun así, tiene que llamarlo una vez más. ¿Estará escondido? La verdad es que no tiene ninguna gracia.

—¿Hola? ¿Dónde estás?

¿Y qué es ese olor? Apesta como a agua sucia... y a algo más. Un olor intenso y punzante.

Saca un cigarrillo y lo enciende.

Entonces suena su móvil. Es él. Se desternilla al enterarse de que, al final, ella ha ido a las ruinas, de que está allí en ese momento. La chica oye de fondo a sus amigos riéndose a carcajadas.

—Hicimos una apuesta —ríe su novio—. Nunca pensé que tendrías agallas para ir allí.

—¡Eres un gilipollas! —grita ella.

Sin embargo, él no se disculpa.

—¿Qué te pasa? ¿No sabes aguantar una broma? Eres una sosa.

Ella cuelga.

«No voy a llorar —se dice a sí misma—. Me voy a casa.» Se lleva el cigarrillo a la boca y juguetea titubeante con la cadena del colgante. No quiere su nombre alrededor del cuello. Abre el cierre y lo tira a la hierba.

Es en ese instante cuando oye un sonido entre unos matorrales cercanos. Al principio, piensa que son él y sus colegas que se han escondido para darle un susto.

Suena como si alguien estuviera arrojando grava sobre el suelo. ¿Qué están haciendo?

De repente comprende; comprende que, sea lo que sea lo que hay allí, no se trata de unos chavales adolescentes. Retrocede unos pasos. Quiere salir corriendo, pero sus piernas no la obedecen.

Deja caer el cigarrillo al suelo.

Y, entonces, la bestia se abalanza.

CAPÍTULO 28

Volveré

Alrik se despierta repentinamente el sábado por la mañana empapado por el sudor. Ha debido de estar moviéndose inquieto y dando vueltas toda la noche, ya que las sábanas están completamente arrugadas formando un amasijo en el centro de la cama. Es como si sus pensamientos reales y sus sueños se hubieran mezclado. ¿Qué es lo que pasó anoche en el cuarto de baño? ¿Quién es, en realidad, Damir? ¿Y qué pasa con el perro que se encontró ayer en la arboleda? No obstante, por encima de todo, lo que más ocupa su mente es la idea de que mamá irá hoy a verlos.

No tiene sentido intentar volverse a dormir. Aunque no pasa nada, porque, de repente, se le ocurre qué hacer. Mientras el resto de la casa duerme, baja de puntillas hasta la cocina y prepara unas cuantas cosas de forma muy sigilosa para que nadie se despierte. Cierra con cuidado la puerta de la entrada y sale pedaleando sobre su bicicleta nueva. Las calles están desiertas, aunque ya hay algo de luz. El hombre lobo, o lo que quiera que sea, sólo sale por la noche, ¿no es cierto? Va mirando en ambas direcciones, prestando una atención especial a todo y escuchando los sonidos a su alrededor.

Al llegar a su destino, se acerca caminando hasta el rincón donde vio al perro durmiendo el otro día. La hierba está aplastada. Alrik pasa la mano por encima. La tierra parece estar más caliente justo en ese punto, como si alguien hubiera estado tumbado allí mismo hace un minuto.

Se quita la mochila que lleva a la espalda y saca un sándwich de jamón y un cuenco que llena con agua de una botella. Espera unos minutos. «Si el perro ha sido abandonado, es probable que tenga hambre y sed», piensa mientras se sienta apoyado sobre el tronco de un abedul con el sándwich sobre una rodilla, y comienza a llamar suavemente al animal en voz baja.

—Vamos, ven aquí —dice una y otra vez.

Se oyen unos crujidos entre los arbustos. Allí está. El perro contempla a Alrik.

«¿Puedo confiar en ti?», parece querer decir.

—Sí, puedes —susurra Alrik—. Aquí tienes un poco de agua. Toma.

Mete un par de dedos en el agua y la remueve con delicadeza. El perro se aproxima de forma cautelosa mientras lo observa con ojos vigilantes y se detiene a unos metros de él.

Alrik sostiene el sándwich. Quiere que el perro coma de su mano. Casi lo hizo la última vez.

—Aquí tienes. Cógelo. Sé que lo quieres. Toma —murmura.

El animal se detiene y deja de acercarse. Alrik espera pacientemente.

Es probable que no sea más que un chucho mezcla de dos razas, puesto que es grande como un pastor alemán pero mucho más flacucho. Es muy curioso cómo tiene una oreja caída y la otra recta hacia arriba salvo por la punta, que le cae un poco. Está muy sucio y no lleva collar.

El perro parece cambiar de idea, comienza a acercarse de forma precavida hacia Alrik y le quita rápidamente el sándwich de la mano, retrocede unos metros y lo engulle de un solo bocado.

A continuación, vuelve y bebe del cuenco de tal manera que el agua salpica por todas partes. Alrik apenas se atreve a respirar.

Acto seguido, levanta la cabeza del cuenco y la sacude de modo que las orejas le rebotan en los lados de la cabeza.

—Está rica, ¿eh? —susurra Alrik.

El perro se lame el hocico un par de veces. «¡Gracias!», parece decir. Luego, se da la vuelta y sale corriendo.

—Volveré —dice Alrik, más para sí mismo que para el perro—. Te lo prometo. Puedes confiar en mí.

Cuando vuelve a casa y se mete de nuevo en la cama, le sobreviene una sensación de bienestar. ¿Puedes creértelo? El perro ha comido de su mano.

Esperemos que mamá vaya hoy. Aunque sólo sea por Viggo.

CAPÍTULO 29

¡Hoy viene mamá!

—¡Despierta! Mamá va a venir dentro de poco.

Viggo le da golpecitos a Alrik, que está en la cama hecho una bola. Viggo ya está vestido. Lleva su camiseta favorita, la que mamá le compró. Alrik se despereza y bosteza, mientras contempla, con los ojos aún medio cerrados, a su hermano pequeño moverse a toda pastilla de un lado a otro de la habitación.

—¿No quieres saber cuál es la sorpresa? —pregunta Viggo, que está frente al espejo peinándose.

Mete los dedos en el tarro de la cera para el pelo y se la pone, revolviéndoselo y estirándoselo para que le quede un poco de punta.

—¿Y si nos lleva al parque de atracciones de Estocolmo? —continúa Viggo ilusionado—. ¡Eso sería fantástico! Me voy a montar en la Caída Libre. Y voy a ir por el Pasaje del Terror.

Alrik se sienta sobre la cama y se frota los ojos. A

continuación, mira la hora: las nueve y diez. Piensa en el perro. ¡Comió de su mano! ¿En serio ha ocurrido eso hace dos horas?

Una vez que Viggo ha quedado satisfecho con su peinado, se limpia los restos de cera en los pantalones vaqueros y exclama:

—¡Vamos!

Anders ha hecho tortitas para desayunar. No está muy hablador esta mañana. Salvo para contarles que una chica adolescente ha sido atacada junto a las ruinas durante la noche.

Alrik y Viggo lo acribillan a preguntas; sin embargo, Anders no sabe mucho más al respecto. Les ponen a las tortitas sirope de arce. Está bueno, muy bueno. Después de desayunar, salen afuera a practicar un poco con la BMX, aunque Viggo no quiere alejarse mucho de casa para poder ver llegar a mamá cuando aparezca. Consiguen ponerse sobre una sola rueda y saltar por encima de unos maderos que han colocado a modo de obstáculo, también balancearse sobre una tabla y sostenerse sobre la rueda delantera. Lo que no se les da tan bien es dar un giro completo en el aire con la bicicleta; pero, aun así, es divertido.

Al cabo de un rato, Laylah abre la ventana y los llama para que entren a comer. Cuando han acabado de hacerlo, Viggo llama a mamá, pero no lo coge. «La persona a la que está llamando no está disponible», dice una voz automática.

—Probablemente esté de camino. Tal vez no haya cobertura donde está ahora mismo —les comenta a Anders y a Laylah.

Alrik no dice nada.

—Mientras esperáis, ¿por qué no bajáis con la bici hasta el muelle y veis los barcos que llegan de Estocolmo? —propone Anders—. Habrá montones de turistas por el mercado de otoño que empieza hoy. Podéis comprar algunas golosinas. Yo os invito.

—Comprad esas gominolas de regaliz y frambuesa para mí, las que tienen forma de calavera —añade Laylah.

A Viggo se le ilumina la cara.

—¡Sí! Tal vez mamá cogió el ferry para llegar a Mariefred —dice antes de salir disparados.

Alrik pedalea mientras Viggo va de pie sobre el eje de la rueda trasera con las manos en los hombros de su hermano mayor. Laylah y Anders han prometido llamar al móvil de Viggo cuando sepan algo de mamá.

Según descienden con la bici hacia Klostergatan, ven a Magnar, a Estrid y a Damir en el jardín, los tres de pie muy juntos, justo al lado de la rosa recién plantada, como si estuvieran susurrando algo secreto. Los chicos los saludan con la mano al pasar.

—¡Hoy viene nuestra madre! —vocifera Viggo—. ¡Es el cumpleaños de Alrik!

Estrid y Magnar les devuelven el saludo con cierta

timidez mientras que Damir no saluda y se los queda mirando. Alrik siente una especie de hormigueo en la columna.

Oyen la sirena del *Maya* entrando en la bahía de Gripsholm. Siempre que se oye ese sonido, todos los que viven en Mariefred saben que es la una y media de la tarde. Alrik y Viggo tienen el tiempo justo para comprar las golosinas antes de que el transbordador amarre en el muelle. Minutos después, están comiéndoselas frente a la muchedumbre de turistas que, durante un buen rato, va desembarcando en fila india. La mayoría de ellos parece feliz y expectante.

Ninguno de ellos es mamá.

Viggo intenta llamarla de nuevo. No obtiene respuesta. Le deja un mensaje en el buzón de voz preguntándole cuándo va a ir allí y pidiéndole que llame lo antes posible.

Se entretienen durante un rato con la bicicleta, intentando montar por las vías del tren que se extienden desde el embarcadero hasta la estación de ferrocarril, lo cual es realmente complicado a pesar de que cada vez parece dárseles mejor.

—A lo mejor está en el tren —dice Viggo—. Ahí no suele haber cobertura. Quizá por eso no contesta.

Alrik se encoge de hombros.

—Venga, vamos a ver si viene en tren.

Permanecen en el andén contemplando unos cuantos viejos vagones ir y venir y algunas familias con niños y perros así como a maquinistas de locomotoras y a revisores vestidos con uniformes a la antigua.

Pero ni rastro de mamá.

Al cabo de un rato, vuelven a subirse a la bici y comienzan a turnársela a ver quién da la vuelta más rápida al castillo mientras el otro cronometra. El polvo del camino se levanta al paso de los neumáticos. Finalmente, un vigilante se les acerca y les dice que se vayan, que están quitando la grava del sendero. Alrik y Viggo bajan hasta el parque infantil de Lottenlund y asustan a unos cuantos niños pequeños. Entonces se ponen a competir a ver quién es capaz de saltar más lejos desde el columpio. Alrik gana, pero Viggo afirma que lo ha dejado ganar porque es su cumpleaños.

Por fin, suena el teléfono de Viggo. No es más que Anders, que quiere saber dónde están y les recuerda que es hora de que vayan a casa a cenar.

Los chicos regresan en la bici cruzando el pueblo despacio.

—A lo mejor le ha pasado algo —dice Viggo de pie sobre la bici detrás de Alrik—. Tal vez ha tenido un accidente.

Durante la cena, Laylah y Anders hablan de esto y de aquello intentando hacer todo lo que está en su mano para animar el ambiente. Sin embargo, Viggo sigue callado, mirando absorto la comida y moviéndola de una esquina a otra del plato. Por su parte, Alrik sólo toma algún bocado de vez en cuando y responde con monosílabos cuando le preguntan sobre lo que han hecho hoy. También mira a Viggo de forma esporádica.

Y entonces, de repente, suena el teléfono de Alrik, que lo coge y le muestra la pantalla del móvil a Viggo: «Mamá». Viggo sonríe de oreja a oreja. ¡Por fin!

CAPÍTULO 30

Peligro de muerte

Damir ha ido a la biblioteca con Estrid y Magnar.

—El tiempo late y las tinieblas se despliegan —afirma—. Y permitís que celebren una fiesta de cumpleaños...

—Bueno, sólo se cumplen doce años una vez en la vida... —comienza a decir Magnar.

—La protección de la biblioteca se ha debilitado —lo interrumpe Damir—. Fijaos en las grietas del techo. El primer ataque en las ruinas se produjo el jueves por la noche, ¿verdad? Los jueves son días de poder para las brujas. A no ser que tengáis mucha suerte, me temo que tenéis una bruja maligna entre manos, alguien que tiene intención de apoderarse de la biblioteca. ¡Tenéis que traer aquí a los chicos! ¡Han de ser adiestrados! Esperad. Una cosa más...

—¿Sí?

—Están en peligro de muerte. Tienen que saberlo.

CAPÍTULO 31

Happy birthday!

Alrik contesta al teléfono.

—¡Hola!

—¡Doce añazos ya! —dice su madre elevando la voz al otro lado de la línea—. ¡Mi grandullón! *Happy birthday!*

—¡Gracias!

Todos alrededor de la mesa de la cena escuchan en tensión.

—¿Te han hecho algún regalo?

—Laylah y Anders me han regalado una bicicleta BMX.

—¿Una nueva, nuevecita del todo?

—Sí.

—Vaya, qué desperdicio de dinero cuando hay tantas buenas de segunda mano que puedes comprar —dice en tono burlón—. ¿Algo más?

Alrik se levanta de la mesa y sale al jardín. No quiere

71

que Viggo lo oiga. Los demás se quedan dentro y lo observan a través de la ventana de la cocina.

—¿Por qué no has venido hoy? —pregunta—. Lo prometiste. Viggo te ha estado esperando todo el día.

—Sí, ya lo sé. Lo siento, cariño. Pero anoche me entró una gripe estomacal y he estado vomitando todo el día. Debe de ser algún virus muy feo.

—Qué pena —dice.

«Estás mintiendo», piensa.

—Sí, y no quería contagiároslo a vosotros, chicos.

—No, claro que no —responde Alrik.

«Estuviste bebiendo toda la noche y durmiendo todo el día —piensa—. Eso es lo que hiciste.»

—Pasaré a visitaros tan pronto como me encuentre bien. ¡Lo prometo!

—Vale.

«Ahora mismo estás borracha —piensa—. Te lo noto en la voz, no vocalizas bien.»

—Tengo una gran sorpresa para ti.

—Mmm...

—Aunque a lo mejor ya no te sorprende tanto después del regalo de Laylah y Anders.

—Pues claro que sí —responde.

Permanece callada un instante, de una manera un tanto extraña.

—Bueno, entonces vale, cariño.

En ese momento, su voz suena como si fuera a ponerse a llorar, aunque trata de disimularlo.

Alrik se vuelve dándole la espalda a la casa. Se le hace un nudo en la garganta, como le sucede cuando intenta reprimir las lágrimas. No quiere que Viggo lo vea.

—Vale —dice.

—Que tengas un buen final de cumpleaños —carraspea mamá—. Adiós

Alrik se despide de ella y cuelga. Da media vuelta y regresa dentro con los demás.

—Tenía fiebre estomacal —dice intentando sonreír—. Vendrá en otro momento. Me dijo que os saludara de su parte a todos. Especialmente a ti, Viggo.

—¿No quería hablar conmigo? —pregunta Viggo.

—Nah, se encontraba muy mal. Ha estado vomitando casi todo el día.

Laylah mira brevemente de reojo a Anders.

Entonces éste da una palmada sobre la mesa haciendo tintinear los platos, los vasos y los cubiertos.

—¿Quién quiere terminarse lo que queda de los deliciosos *baclava* de Laylah?

—Yo los saco —responde Laylah apresurándose al frigorífico.

Al pasar por delante de Alrik le pone la mano con suavidad en el hombro, pero él se escabulle. Ahora no.

Nada más colocan los *baclava* sobre la mesa, Estrid entra por la puerta de la casa y se detiene a la entrada de la cocina, contemplándolos con una expresión de gravedad. Primero mira a los chicos y, luego, a Laylah y a Anders.

—¿Ya habéis acabado la celebración? —pregunta.

Alrik la observa y piensa en lo mayor que parece, ahí de pie, junto al marco de la puerta. Estrid carraspea.

—Magnar y yo necesitamos que nos ayudéis a... replantar unas zarzamoras. ¿Os parece bien que se vengan conmigo los chicos?

CAPÍTULO 32

Conoce a tu enemigo

Alrik camina junto a Estrid. Le ha dejado la BMX a Viggo, el cual ha aprendido a saltar sobre los bancos de los parques y los bordillos.

—¡Mirad esto! —exclama—. ¡Mirad!

Sin embargo, la atención de Alrik está volcada en Estrid mientras hablan sobre la chica que ha sido atacada.

—Tiene heridas muy graves provocadas por una mordedura —cuenta Estrid—. Es un milagro que haya sobrevivido.

Dice que ha sido atacada por un perro gigantesco. Al parecer, toda la gente del pueblo cree que ha sido ese perro callejero el responsable y quieren atraparlo y sacrificarlo. No obstante, ellos saben bien que esto no es obra de ningún perro ordinario.

Llegan a casa de Estrid y Magnar. El sol brilla. Abajo, el lago Mälaren centellea al pie de la colina donde resplandece la iglesia blanca.

«Es realmente difícil imaginar que haya una biblioteca secreta debajo de tanto paisaje bonito», piensa Alrik.

—Vamos —dice llamando a Viggo.

—Espera, sólo voy a... —le responde Viggo.

Se para a mitad de la frase porque, en ese momento, se halla intentando saltar con la bici sobre los escalones a la entrada de la iglesia. La sudadera gris nueva de Alrik está atada al manillar y ondea como una bandera con cada salto.

—No lo esperemos —dice Alrik a Estrid—. Ya sabe adónde vamos.

Se da la vuelta y le grita a Viggo:

—¡No olvides ponerle el candado a la bici!

Alrik y Estrid bajan al sótano y abren la puerta secreta que parece una estantería empotrada llena de tarros de mermelada. A continuación, bajan los trece peldaños y continúan por el pasadizo subterráneo hasta la biblioteca.

—Estrid, ¿qué pasa si alguien descubre la entrada secreta? —pregunta Alrik.

—La biblioteca está protegida por numerosos conjuros —responde ella—. Si una persona no autorizada mueve la estantería, hallará un muro de piedra detrás. Sólo gente como Magnar y yo tenemos permiso para cruzar la puerta.

«Por lo menos hasta ahora», piensa Estrid, aunque no lo dice en voz alta para no parecer preocupada.

Viggo hace un último salto con la bici. Es una sensación extraña ese miedo y el vértigo que comienza a revolotear en el estómago cuando estás a punto de caerte con todas esas difíciles acrobacias y, al final, aterrizas en el suelo sobre dos ruedas gracias a una habilidad increíble.

Observa cómo Estrid y Alrik desaparecen en el interior de la casa y comienza a pedalear rápido para alcanzarlos. Deja apoyada la BMX contra la valla; no va a dejarla tirada en el suelo porque su hermano mayor se pondría hecho una furia.

A continuación, sale corriendo tan deprisa como puede. La cadena con el candado de la bici repiquetea en su bolsillo, pero Viggo no se da cuenta. Porque esto es una carrera. ¿Será capaz de alcanzar a Estrid y a Alrik antes de que lleguen a la biblioteca?

Cuando Estrid y Alrik abren la puerta de la biblioteca, Damir está dentro esperándolos. Magnar se halla sentado en una silla un poco más al fondo. Todas las lámparas de queroseno están encendidas y, amontonados sobre la mesa, reposan numerosos libros.

—¿Dónde está tu hermano? —pregunta Damir con sequedad.

En ese mismo momento entra Viggo, que ha llegado a toda velocidad por el oscuro pasadizo.

—¡Uhhuuh! —resopla Viggo—. No me ha hecho falta ni encender la linterna. ¡He ido corriendo detrás de vosotros, a oscuras, palpando con la mano en la pared!

—¡Shhh! —le chista Alrik.

—Sentaos —ordena Damir—. Un perro diabólico está haciendo estragos en Mariefred. Debéis encontrar información sobre hombres lobo y otras bestias por el estilo.

Hace un gesto señalando los libros que hay sobre la mesa de piedra. Viggo los contempla con aire sombrío. Son viejos y se encuentran escritos a mano con una letra difícil de descifrar. Algunos contienen ilustraciones dibujadas también a mano; dibujos, por supuesto, del todo increíbles, y no precisamente de dulces y tiernos perritos falderos, sino de criaturas peludas andando a dos y cuatro patas provistas de enormes colmillos y zarpas.

Los dibujos son geniales; sin embargo, Viggo odia leer. Se olvida de cada frase nada más haberla leído. Siempre que se pone a ello, va dejando de comprender progresivamente lo que está leyendo.

—¿Por qué tenemos que leer? —protesta.

—Tenéis que conocer a vuestro enemigo. Conoceros a vosotros mismos. De ese modo venceréis mil veces en miles de batallas —responde Damir.

Su voz es suave y profunda; Alrik no sabe muy bien si escucharla hace que le entre sueño o si, por el contrario, lo hace sentirse despierto. De repente, siente un escalofrío. Debería haberse puesto la sudadera nueva.

—Eso es lo que dice el maestro Sun Tzu —continúa

Damir sacando un pequeño libro con la cubierta roja del bolsillo interior de su chaqueta—. Siempre llevo conmigo su libro, *El arte de la guerra.*

—¿Qué es lo que has estado leyendo aquí en la biblioteca? —pregunta Viggo—. Dijiste que habías venido en busca de consejo. ¿Sobre qué?

—Dragones.

Viggo casi se echa a reír; sin embargo, se controla. No sabe qué es lo que tiene Damir, pero intuye que es mejor no reírse de él. ¡Pero aun así! ¡Dragones! Se supone que sólo existen en los cuentos, ¿no?

—No, de hecho, no —prosigue Damir como si hubiera oído lo que Viggo estaba pensando—. Aunque quedan pocos. Mi dragón vive dentro de unas grutas llenas de agua. Nunca he luchado contra un dragón acuático... Pero ya está bien de cháchara. Debéis buscar información en los libros sobre vuestros enemigos. Yo lo haré acerca del mío.

Magnar coge un reloj de arena que hay en medio de la mesa y lo gira boca abajo. Lentamente, la arena comienza a caer.

—Tenéis una hora —dice—. Mientras leéis, yo voy a ayudar a Estrid a enterrar un caldero mágico en vuestro jardín. Cruzad los dedos para que Anders y Laylah tengan puesto bien alto el volumen de la televisión.

—Odio los libros —murmura Viggo—. ¡Sobre todo cuando huelen a moho!

CAPÍTULO 33

Verrugas en el culo

Magnar y Estrid dejan a solas a Viggo y a Alrik entre los libros. Damir se ha retirado a la habitación anexa y se halla inmerso en sus lecturas. Todo está tranquilo y en silencio.

Alrik se pelea con la caligrafía. La escritura es antigua y está llena de florituras, de modo que, al principio, apenas es capaz de leer una palabra. Sin embargo, al cabo de un rato se acostumbra a ella. Lee acerca de las criaturas metamórficas, esto es, aquellas que pueden convertirse en otra cosa. Por ejemplo, las personas que pueden transformarse en lobos. Algunos de ellos pueden hacerlo voluntariamente, aunque también es posible que se transformen bajo los efectos de un hechizo. Cuando dichas criaturas metamórficas se presentan como humanos, se dice de ellos que han adoptado forma humana; y cuando se comportan y tienen el aspecto de lobos, que han adoptado forma lupina.

En otro libro, Alrik lee acerca de los hombres lobo. Los hombres lobo se transforman con la luna llena. Y es contagioso: si te muerde o te ataca uno de ellos y sobrevives, entonces te conviertes tú también en hombre lobo.

Hay un montón de palabras nuevas para él. A aquellos humanos que se transforman en lobos o en hombres lobo se los denomina licántropos, es decir, criaturas que a veces son humanas y otras son lobos, o bien una mezcla: hombres lobo. También hay distintos tipos de perros diabólicos.

Y hay infinidad de formas de luchar contra ellos. Uno puede acabar con ellos disparándoles una bala de plata. Si uno se enfrenta a una persona convertida en lobo por culpa de un hechizo o una maldición, se lo debe llamar por el nombre auténtico de dicha persona. Alrik lee hasta que se le nubla la vista.

«Uno ha de conocer a su enemigo para derrotarlo», eso es lo que dijo ese tal Sun Tzu. Pero ¿cómo van a averiguar qué es lo que tienen que derrotar? Hay infinidad de criaturas distintas ahí fuera, según pone en los libros de la biblioteca, y cada una de esas criaturas ha de ser combatida de modos distintos.

Viggo observa el reloj. ¡Qué despacio cae la arena! Se pregunta si lo hará más deprisa si le da unos golpecitos en la parte de arriba. Intenta leer una frase, pero desiste, de modo que se pone a hojear dos de los libros y a mirar los dibujos. En uno de ellos, un hombre se transforma en hombre lobo al pasar a gatas por el ojal de una soga, algo así como un cinturón grande. El hombre lo atraviesa a gatas tres veces: la primera, sólo le sale pelo en el cuerpo; la segunda vez, su cabeza se convierte en la de un lobo; la tercera vez que pasa a cuatro patas por el cinturón le crecen cuatro patas de lobo con sus garras y una cola. En la siguiente página, vuelve a pasar tres veces por la soga y regresa a su apariencia humana.

¡Ah! ¿Cómo puede pasar tan despacio el tiempo? ¿Se puede morir uno realmente de aburrimiento?

Entonces, Viggo comienza a fantasear y a preguntarse qué aspecto tendrá el dragón sobre el que probablemente está leyendo Damir en la otra habitación. Cierra los ojos. Un dragón que vive en el agua. Molaría uno de ésos en un juego de ordenador, con hileras dobles de dientes afilados y un ondulado y enorme cuerpo blanco; los jugadores tendrían algo así como ciertas armas que funcionan de forma especial debajo del agua y que uno ha ido adquiriendo en niveles anteriores.

De repente, la voz de Damir reverbera en la habitación:

—Ha pasado una hora. El saber llama al saber. ¡Levantaos!

Viggo pega un respingo. ¡Ups! Debe de haberse quedado dormido. Se limpia la saliva de las comisuras de la boca. La arena del reloj se ha consumido. Él y Alrik se miran el uno al otro. ¿Se lo dice a ellos?

Por si las moscas, los dos se ponen de pie. Damir entra en la habitación, se dirige a las estanterías rebosantes de libros que cubren las paredes y hace un gesto con la mano, sin mirarlos, como pidiéndoles que se acerquen.

—El saber llama al saber —dice Damir de nuevo con voz profunda—. En la biblioteca los libros se buscan mutuamente entre ellos.

Viggo mira a Alrik. ¿De qué está hablando Damir? Sin embargo, los ojos de Alrik están medio cerrados, como si tuviera sueño o estuviera completamente hipnotizado por la voz de Damir.

—Alargad la mano —ordena éste—. Pasadla por las estanterías. Sentid hacia dónde os lleva. Prestad oído al mismo tiempo. Si un determinado libro quiere que lo cojáis, cogedlo. Abridlo en la página en que quiere ser abierto.

Viggo y Alrik hacen lo que les pide Damir.

—Perdona —dice Viggo—. Yo no siento nada. ¿Y tú, Alrik?

Sin embargo, Alrik no responde. Se ha detenido frente a uno de los estantes y ha cogido un libro muy voluminoso y pesado con las páginas cosidas al lomo, ya que la cubierta parece haber sido arrancada. Alrik deja caer el libro sobre la mesa de piedra con un ruido sordo.

Viggo da una vuelta completa a la biblioteca. Acto seguido, vuelve a dar otra. Finalmente, se estira hasta alcanzar un libro delgado y un poco misterioso de color rojo, como el que tiene Damir sobre ese Sun Tzu, y con estampados dorados en el lomo.

Alrik abre el libro gordo.

—Esto parece una receta —dice.

—¿Qué? —pregunta Viggo riéndose—. ¿Para hacer un pastel?

—No, para hacer una soga... ¿Qué dice aquí? Una Soga Gleipnir. Dice que si haces una Soga Gleipnir y la pasas alrededor de la cabeza de alguien con apariencia de lobo, por ejemplo, entonces se volverá humano de nuevo.

—¿Qué? —interrumpe Viggo—. ¿Apariencia de lobo? ¿Qué significa eso?

—Que alguien ha sido transformado, voluntariamente o contra su voluntad, de humano a hombre lobo. ¿Es que no has leído nada esta última hora? —pregunta Alrik con severidad.

—Sí, sí que lo he hecho—contesta Viggo bajando la voz.

—Aquí dice que si uno pasa la soga alrededor de la cabeza de un perro diabólico se volverá dócil como un cordero —continúa Alrik.

—¿Dócil?

—Sí, ya sabes, como bueno o algo así... —responde Alrik poniéndose a leer en voz alta el libro—. «La Soga

Gleipnir está hecha de lo que no se ve, de lo que no se oye. El sonido de las pezuñas de un gato. La barba de una mujer. Los tendones de un oso. Las raíces de una montaña. El aliento de un pez. La saliva de un pájaro.» Dice también que la soga es fina como la seda y que se ha de leer un hechizo encima de ella.

—Entiendo —dice Damir—. Está claro que debéis crear una Soga Gleipnir. Tal es la voluntad de la biblioteca.

—¡¿Qué?! —exclama Viggo—. Eso es imposible. Hacer una soga con el sonido de la pezuña de un gato. ¿Qué quiere decir eso?

—Sí, ¿cómo vamos a hacer algo así? —pregunta Alrik.

Damir se encoge de hombros.

—El maestro Sun Tzu dice: «Vencerá aquel que sepa cuándo pelear y cuándo no».

Ahora Viggo se indigna de verdad.

—¡Venga ya! El maestro Chun-Chun dice bla, bla, bla. ¡No me entero de nada!

—En este caso, significa que vosotros combatiréis vuestra batalla y yo la mía. Si pensáis demasiado en mi dragón, perderéis vuestra batalla. Si yo empleo demasiado tiempo en vuestro monstruo, perderé la mía.

Viggo tiene la sensación de que Damir puede leer su pensamiento y que adivina qué fantasías revoloteaban por su mente cuando se suponía que estaba leyendo y se quedó dormido.

—¿Qué libro has cogido tú? —pregunta Alrik.

Viggo lee las letras doradas de la cubierta.

—*Hierbas medicinales y plantas curativas.*

«No suena muy emocionante», piensa Viggo. Aunque tal vez se trate de algunas hierbas medicinales que pueden hacer que una persona que se haya transformado en hombre lobo vuelva a hacerse humano. O, a lo mejor, dice algo sobre cómo envenenar a un perro diabólico.

Abre el libro por una página al azar y comienza a leer en voz alta.

—«Cómo pueden las hierbas curar las hemorroides.»

Alrik se echa a reír.

—¿Qué son las *harmodroides*? —pregunta Viggo.

—Las hemorroides son como unas verrugas que te salen en el culo —responde Alrik, que sigue riéndose—. Muy buena, Viggo. Uno nunca sabe cuándo puede serle eso de ayuda. Vayámonos a casa rápido a hervir unas hierbas y a ponérnoslas en el culo.

Los ojos de Viggo parecen encenderse. Al principio, Alrik piensa que es de rabia, pero después Viggo comienza a reírse también.

—Tal vez sea ése el problema del hombre lobo —dice continuando con la broma—. Si no le dolieran tanto todas las verrugas que tiene en el culo, tal vez sería la cosa más tierna del mundo; no sé, cantaría en un coro o algo así, se lavaría el pelaje con champú y suavizante y ayudaría a las viejecitas a cruzar la calle.

Deja caer el libro sobre la mesa.

—Ya me he cansado de todo esto.

Hace un gesto con la cabeza despidiéndose de Damir y sale de la biblioteca. Alrik corre detrás de él. Viggo está bromeando. Sin embargo, tiene la impresión de que lo ha fastidiado que sea Alrik quien encontrara el libro por arte de magia y no él.

Suben de nuevo arriba, pero parece no haber nadie en casa de Estrid y Magnar. El gato que suele tomar el sol en los escalones de la entrada sale pitando cuando abren la puerta.

—¿Dónde has dejado la bici? —pregunta Alrik.

Viggo mira fijamente la verja de la entrada.

—La he dejado aquí —contesta convencido—. Pero ¿dónde está?

Alrik aguanta la respiración. Su bicicleta BMX nueva.

—Le has puesto el candado, ¿verdad? —pregunta entonces.

—¡Sí! —exclama Viggo—. Claro que lo hice. O espera...

Extrae el candado de la bici de su bolsillo.

—Se me olvidó —dice murmurando.

«La bici —piensa Alrik—, con lo bonita que era... Y con la sudadera nueva atada al manillar.»

Viggo mira a su hermano mayor, que echa humo por las orejas. Coge bruscamente el candado de la bici de la mano de Viggo.

—¡Hey! —los llama una voz detrás de ellos.

Se dan la vuelta y en ese momento ven a Simon y a sus matones.

—¿Se os ha perdido algo? —pregunta Simon con sorna.

—¿Una bici, tal vez? —añade con guasa otro de los chicos.

CAPÍTULO 34

¡Antes de que te mate!

Siente cómo le hierve la sangre, cómo se le hinchan las venas de la sien. Como Simon le haya hecho algo a su bici nueva, va a matarlo. En serio.

—¡¿Dónde está la bici de Alrik?! —grita Viggo.

—¿Cómo voy a saberlo yo? —contesta Simon riéndose de forma maliciosa.

El resto de los chicos detrás de él se ríen también.

—Devuélvemela —dice Alrik entre dientes.

Aprieta con fuerza la cadena que tiene en la mano.

—¡He dicho que me la devuelvas! ¡Antes de que te mate!

Alrik inspira y espira acaloradamente resoplando por la nariz. Se acerca a Simon con paso lento y firme meciendo la cadena con el candado de la bici de forma amenazadora.

Ya nadie se ríe. Simon contempla fijamente la cadena con una mezcla de terror y sorpresa.

—Alrik... —susurra Viggo poniéndole la mano en el hombro a su hermano e intentando calmarlo.

Pero es demasiado tarde.

—¡DEVUÉLVEMELA! —ruge Alrik ondeando por encima de su cabeza la cadena y abalanzándose sobre el pequeño matón.

Simon da media vuelta y, gritando a pleno pulmón, corre para salvar su vida colina abajo en dirección al centro de Mariefred. Alrik va ganándole terreno a Simon, que siente silbar en el aire la cadena de la bici detrás de él.

Llegan a la plaza mayor, donde se encuentra la abarrotada terraza de un restaurante, ya que esa noche hacen barbacoa y hay un cantautor invitado en el pueblo. Nada más hacerlo, las mesas y las sillas acaban volcadas, el cantautor deja de tocar y el suelo se cubre de cristal y porcelana hechos añicos. Alrik ni se percata; su atención está fija en Simon. La gente se agacha y salta apartándose de la cadena. Todo el mundo grita. Los padres cogen a sus niños y abandonan la escena a toda prisa. Es un caos total.

De repente, alguien agarra la cadena en el aire e, inmediatamente, Alrik nota una mano de acero que lo coge del cuello, una mano familiar.

—¡Ya basta! —dice en un rugido la voz del profesor de manualidades, Thomas, y quitándole de la mano a Alrik la cadena con el candado de la bici.

—Quería matarme con la cosa esa —dice Simon lloriqueando—. ¡Está loco de remate!

—¡Simon me ha robado la bici! —grita Alrik.

—No es cierto —berrea Simon—. Está mintiendo. ¡No le he hecho nada!

—Tuviste tu oportunidad, Alrik —dice Thomas entre dientes tirándole de la oreja—. Esta vez no voy a dejar que te escapes. Vamos derechos a casa de Laylah y Anders a contarles lo que ha pasado.

CAPÍTULO 35

¡Nadie quiere a estos chicos!

Anders oye voces alteradas fuera, en la calle, de modo que se levanta de la silla de la cocina y sale apresuradamente al jardín. La verja de madera se abre con brusquedad. Thomas entra agarrando a Alrik con fuerza. Viggo y Simon los siguen de cerca.

—¿Qué está pasando? —pregunta Anders con gesto serio.

—Bien, déjame que te lo explique —dice Thomas poniendo la cadena con el candado de la bici en las narices a Anders—. Alrik casi mata a Simon con esta cosa. Y lo que es más, ha acusado a Simon de robarle la bicicleta, lo cual no es cierto, por supuesto.

—¡Sí que lo ha hecho! —protesta acaloradamente Alrik, que se retuerce para soltarse.

—¡Nooo! —aúlla Simon.

—¡Sí que lo ha hecho! —exclama Viggo.

—¡Suelta al chico! —ordena Anders.

Thomas deja caer a Alrik como si fuera un montón de basura.

—Simon no le ha robado la bicicleta a nadie —continúa Thomas—. Yo sé tener a mi hijo a raya. Creo que ya va siendo hora, desde luego, de que hagas lo mismo con tus hijos adoptivos. Están fuera de control. Mienten y se pelean. Por suerte para él, nadie ha resultado gravemente herido. Alguien debería denunciar esto.

Thomas está tan enfadado que salpica al hablar.

—Vamos a calmarnos todos —replica Anders, intentando apaciguar a Thomas.

Sin embargo, esta vez, nadie va a poder pararlo.

—Y lo que es más, voy a denunciar a la policía que Alrik está implicado en esos ataques que ha habido en las ruinas.

—Pero ¿qué demonios dices?—exclama Anders.

—¿Estás sordo? Simon me ha contado que Alrik ha estado atrayendo a ese perro asesino al pueblo dándole de comer. ¡Por eso han ocurrido los ataques!

—Será mejor que te marches —le ordena Anders.

—¡Será mejor que te marches tú! —chilla Thomas—. ¡Nadie quiere a estos chicos en Mariefred! ¡Excepto vosotros! Sólo porque os paga el Estado. Pero ¿sabes qué? ¡Yo soy el que está pagando! ¡Con mis impuestos!

En este momento Anders pierde los nervios.

—¡FUERA DE AQUÍ! —ruge señalando la verja del jardín.

Sus enormes músculos parecen agigantarse debajo de la camiseta y una gruesa vena se le hincha en las sienes.

—¡Por supuesto! Pero no creas que voy a olvidarme de esto. Venga, vámonos, Simon.

Thomas arroja la cadena al suelo y sale con paso firme a la calle, cerrando de golpe la verja del jardín tras de sí.

—Maldita sea. Ésa no ha sido una buena idea —dice mientras sale corriendo a la calle—. ¡Thomas! Tenemos que ser capaces de hablar de ello sin...

Sus voces desaparecen calle abajo, mientras Viggo y Alrik se quedan junto a la puerta del jardín con la cadena de la bici a los pies. Viggo la recoge y se la ofrece a su hermano mayor. Sin embargo, Alrik la rechaza.

—¿Qué quieres que haga con ella? Ya no tengo bici —dice en tono cansado.

Viggo se la mete en el bolsillo. Quiere disculparse, pero parece no ser capaz de articular las palabras.

Esa misma noche, cuando ya se han ido a la cama, oyen a Anders y a Laylah hablando en voz baja en la cocina. No pueden discernir con exactitud de qué están hablando, pero Alrik está seguro de que es de ellos.

«Con tal de que no nos manden a otro sitio», piensa. Con otra familia de acogida, a una ciudad nueva, donde tengan otra vez que empezar desde el principio en un colegio nuevo.

Viggo está también despierto. Alrik se da cuenta por cómo respira. Se quedan allí tumbados, sin hablar, escuchando.

Finalmente, Viggo dice:

—Bueno, ¿qué piensas de ese rollo de la Soga Gleipnir?

La Soga Gleipnir. Alrik casi se había olvidado de ella.

—No hay forma de que podamos hacer una cosa así —balbucea Viggo—. ¿Con qué se supone que se hace? ¿Con raíces de montaña y saliva de pájaro?

—No lo sé. No quiero pensar en eso ahora.

Alrik se da la vuelta contra la pared. Está demasiado cansado para pensar en nada. Sólo quiere dormir. Una semana, a ser posible.

Es de noche. Los aullidos de los perros vuelven a oírse por todo Mariefred. Alrik y Viggo están dormidos.

En una esquina del jardín de Laylah y Anders, Estrid monta guardia. Los chicos se encuentran en peligro de muerte, eso es lo que dijo Damir. Por lo menos esta noche no les pasará nada.

Tiene su vara al alcance de la mano, la misma que le fue entregada hace tiempo por su madre adoptiva, que también era guardián de la biblioteca, lista para usarla si surge la necesidad. Estrid puede pelear con ella, pero sospecha que puede ser usada también para otras cosas.

«Aunque no por mí —piensa—. Yo no soy una bruja. No quiero serlo.»

A pesar de eso, decidió que lo mejor sería enterrar ese viejo caldero mágico como protección después del incidente con el bastón maldito. Además, ella es la única que puede leer las cartas del oráculo...

Sus pensamientos se interrumpen por un repentino y extraño silencio. Los perros han dejado de aullar y de ladrar. Intenta aguzar el oído mientras agarra la vara con fuerza. Entonces las oye: unas pisadas que retumban en la calle, detrás de la alta valla de madera. No son pasos humanos, tampoco pisadas animales. Es un sonido que no se parece a nada que haya oído antes. A continuación, le parece percibir una especie de arañazos en el pavimento, como piedra contra piedra. Y luego otro ruido indefinido que no sabe a ciencia cierta qué es, como si alguien estuviera esparciendo tierra sobre el asfalto.

Además, ese olor intenso que le llega en el aire de la noche. Intenso.

En ese instante todo vuelve a quedar en silencio. Las pisadas han cesado, pero puede oír que hay alguien ahí fuera, olisqueando. ¿Será su rastro el que ha seguido? ¿O el de Viggo y Alrik? Estrid traga saliva. De repente, tiene la sensación de que la criatura que acecha en la calle podría atravesar en cualquier momento la valla de madera haciéndola caer como un castillo de naipes.

Levanta la vara. ¿Se supone que tiene que defenderse de esa cosa de ahí fuera con ella? Al pensarlo, le parece tan fina como un palillo de dientes.

Sin embargo, en ese momento, la vara comienza a temblar en su mano y a tirar de ella como si hubiera alguien agarrándola del otro extremo y llevándola hasta el punto exacto del jardín donde ha enterrado el caldero mágico.

Sin saber por qué, da tres golpes con fuerza en el suelo con la vara justo encima de donde está el caldero.

«¡Vamos! —piensa—. ¡Vete!»

El corazón le late con fuerza. Todo está alarmantemente silencioso. Entonces oye cómo retroceden las pisadas, ese ruido de algo que araña en la calzada que se aleja junto con ese otro sonido, como de piedrecitas cayendo.

Sólo entonces se percata de que ha estado aguantando la respiración y exhala. El peligro ha pasado. Por ahora. Levanta la mirada en dirección a la habitación de los chicos.

En ese mismo momento Alrik abre los ojos. Está boca arriba mirando fijamente la oscuridad.

Ya lo sabe. Ya sabe cómo van a hacer la Soga Gleipnir.

CAPÍTULO 36

Fino como la seda

—Estúpido y asqueroso Simon —exclama Viggo.

Es sábado por la mañana. Alrik y él están sentados en la cocina de Estrid y Magnar. Les acaban de contar la historia de lo sucedido con la BMX. Magnar está sentado junto al fogón, friendo a fuego lento unos buñuelos de manzana en una sartén. Estrid está medio dormida en una esquina, removiendo el café con la cucharilla de forma distraída y dando de comer al gato que ha ido a acurrucarse en su regazo.

—¿Qué vamos a hacer... con Simon y la bici? —pregunta Alrik volviéndose hacia Damir.

Damir parece sentirse tan exhausto como Estrid. Tiene las trenzas, tanto del pelo como de la barba, enredadas y muy desaliñadas. Está tan pálido que su piel parece haberse vuelto azulada. Alrik cree que seguramente habrá permanecido despierto toda la noche en la biblioteca.

—La cuestión es lo que queréis hacer —dice Damir con voz profunda.

—Matarlo, por supuesto —dispara Viggo—. O..., por lo menos, birlarle su bici.

—¿Algo más?

—Recuperar la bici, ¿no? —dice Viggo mirando a su hermano.

Damir asiente.

—Entiendo. Lo que queréis es vengaros de Simon y recuperar la bicicleta. Es decir, dos cosas. ¿Cuál es más importante?

Alrik no necesita pensárselo mucho para responder.

—Recuperar la bici.

—Entonces eso es en lo que debéis centraros.

Damir deja que sus palabras calen hondo antes de continuar.

—Recordad las palabras del maestro Sun Tzu: «El supremo arte de la guerra es someter al enemigo sin pelear».

«Ya vuelve a hablar raro —piensa Viggo con irritación—. ¿Cómo espera que entienda lo que dice?»

Sin embargo, Alrik lo intenta.

—Algo así como usar la cabeza antes que los músculos, ¿no? —dice.

Damir sonríe.

—Eso es lo típico que dicen los mayores todo el tiempo —protesta Viggo—. ¡Pero no son más que chorradas!

—Entiendo —asiente Damir levantándose—. Tendréis que pensar en ello.

Se recoge la trenza sobre la cabeza mientras habla.

—Si me perdonáis, debo continuar con mis investigaciones sobre el dragón. Todos tenemos batallas que luchar.

Desaparece escaleras abajo y oyen el sonido de la puerta secreta al abrirse y al cerrarse.

—Entiendo —dice Viggo con voz profunda y amanerada, imitando la de Damir.

Estrid despierta de golpe de su estado de letargo.

—Me parece que vosotros dos tenéis que hacer una Soga Gleipnir, ¿no? —dice con voz afilada.

—¿Habéis ideado alguna forma de hacerla? —pregunta Magnar desde el fregadero.

—Pues sí, a Alrik se le ha ocurrido cómo —responde Viggo.

—A ver, esto es en lo que estaba pensando —dice Alrik—. El libro dice que la Soga Gleipnir ha de ser hecha de huellas de pezuña de gato, aliento de pez y un montón de otras cosas raras que no se usan para hacer una soga. También dice que la soga ha de ser fina como la seda. Entonces es cuando se me ha ocurrido. ¿Qué es fino como la seda?

Todos miran a Alrik en silencio.

—¡La seda, está claro! —exclama Alrik triunfante mientras saca tres coloridos pañuelos de seda del bolsillo de sus pantalones.

Los pañuelos pertenecen a Laylah. Tiene muchos de ellos en un armario del pasillo, así que espera que no se dé cuenta de su falta.

—Lo que estaba pensando es que si uno tiene ya una soga de seda, entonces se puede, no sé, añadir sin más el resto de las cosas. ¿No creéis que podría funcionar?

—¡A por ello! —exclama Magnar echándoles azúcar a los buñuelos de manzana.

Alrik comienza cortando en tiras los pañuelos. A continuación, ata todas las tiras anudándolas con fuerza por los extremos y haciendo la soga lo más larga posible. Finalmente, hace un lazo de modo que parece una correa de perro, una correa de perro muy larga.

«Así será suficiente —piensa Alrik— si uno quiere sacar de paseo a un perro diabólico...»

—¿Quieresss empessar con las huellas de gato ahora? —pregunta Viggo con la boca llena.

Alrik asiente y extiende la larga soga de seda en el suelo. Viggo coge al gato que se halla acurrucado en el regazo de Estrid e intenta hacer que camine por encima de la soga, aunque parece negarse a ponerse a cuatro patas. Está demasiado gordo para ir por su propio pie, sólo quiere que lo acaricien. De modo que eso es lo que hacen. El gato se acurruca sobre la soga y comienza a ronronear.

—¡Camina, maldito minino! —lo azuza Viggo—. Necesitamos huellas de pezuña de gato sobre la Soga Gleipnir.

Sin embargo, el pequeño felino lo único que hace es ronronear más fuerte aún. A continuación, se estira y se pone a rodar sobre sí mismo. Luego, suelta un largo bostezo.

Estrid niega con la cabeza con resignación y sale de la cocina. Magnar se vuelve hacia los chicos y sigue haciendo los buñuelos. Sus hombros se mueven arriba y abajo escondiendo una silenciosa risa que parece no poder contener.

Finalmente, Alrik y Viggo consiguen que el gato dé unos cuantos pasos sobre la soga de seda.

—¡Por fin! —exclama Viggo—. Lo siguiente que necesitamos es saliva de pájaro. *No problem!*

CAPÍTULO 37

Pájaro, pez y barba de mujer

—¡Allí! —exclama Viggo señalando una ventana del segundo piso en el edificio frente al café Gato Azul—. En ese apartamento vive un viejo que tiene un periquito. Lo he visto en la ventana.

—Saliva de pájaro —dice Alrik—. ¡Muy buena, Viggo!

—Los pájaros puede que no tengan suficiente saliva como para escupir por la calle, pero si frotas el pico del periquito contra la soga de seda...

Llaman al timbre del viejo, pero nadie abre la puerta. Sin embargo, hay un balcón con la puerta abierta. Viggo escala poco a poco por la cañería del desagüe y salta al balcón agarrándose a la barandilla mientras Alrik contiene la respiración en medio de la calle.

Viggo se cuela dentro del apartamento. No hay nadie en casa. Se acerca a la jaula con la soga de seda bien recogida dentro del puño, abre la portezuela de la jaula y mete la mano. El periquito revolotea alarmado. Las plumas vuelan por todas partes.

—Vamos, bonito, sólo te voy a limpiar un poquito la boca —dice Viggo consiguiendo agarrar al pájaro de una de las alas.

Saca al periquito, que aletea salvajemente, de su jaula, pero en ese momento se le escapa y sale volando. Primero sube hasta el techo. ¡Bam! Y luego va derecho a la puerta abierta del balcón.

—¡No! —grita Viggo.

Ya la han fastidiado. El periquito morirá helado de frío esta noche. ¡Y todo por su culpa! Tendrán que contárselo al dueño y conseguir ayuda para atrapar al pájaro. Y Laylah y Anders se enterarán de que han entrado en casa de alguien. ¡La han fastidiado DE VERDAD!

No obstante, el periquito parece haber salido sólo a dar una vuelta rápida. Revolotea un poco alrededor del manzano y regresa a la casa.

Alrik y Viggo no se lo pueden creer.

—¡Rápido, cierra la puerta! —exclama Alrik.

Viggo vuelve a meterse dentro a toda prisa y cierra la puerta del balcón tras él. El periquito ha vuelto volando al interior de su jaula.

Esta vez, Viggo consigue agarrar bien al pájaro e, introduciendo la punta de la tela dentro del pico, espera a que toque con su lengua diminuta la soga de seda. Saliva de pájaro. ¡Hecho!

—¡Casi me da un ataque al corazón! —dice Alrik cuando Viggo pone el pie en el suelo después de descender de nuevo por donde había subido—. Vamos a darnos un descanso y a comer algo.

—Y a comprobar si Laylah tiene algo de barba —añade Viggo—. Aunque, ¿no deberíamos ir primero al embarcadero? Estaba pensando en el «aliento de pez».

Bajan corriendo hasta el embarcadero. Hay algunas personas pescando. Se oye el graznido de las gaviotas. La gente del pueblo lleva a sus perros por el paseo marítimo junto al lago.

Allí está Maggan *la Migrañas* con *Otto* el Peludo. Por supuesto, Alrik tiene que detenerse y hacerle fiestas al perro, a pesar de que Viggo está impaciente y quiere ver si alguno de los que están pescando ha cogido algún pez. Maggan *la Migrañas* se queja casi gritando al dueño de otro perro.

—Me lo he traído de la protectora de animales —dice—. Así que no sé cuánto tiempo podré quedármelo. El dueño puede que se ponga en contacto. Pero ¿sabes qué?, espero que no lo haga. Porque estaba mugriento, y además, mira lo flaco que está. Negligencia pura y dura. Se escapa cada dos por tres. Es un auténtico rey de las fugas.

«¡Pues claro!», piensa Alrik al ocurrírsele la idea de

llevar al perro callejero a la protectora de animales. Allí cuidan de un montón de animales abandonados o heridos. Podrían encargarse de él y evitar que alguien lo atrape y lo mate. No había pensado en ello antes.

Mientras Alrik acaricia a *Otto*, Viggo se acerca deprisa hasta dos hombres que están pescando en el embarcadero. Tienen tres peces, tres percas, dentro de un cubo azul que hay colocado entre ellos. Aún están vivas dentro del cubo, asfixiándose por falta de aire, las pobres... O mejor dicho, asfixiándose por falta de agua, aunque parece que fuera por falta de aire. Los dos hombres miran a Viggo sorprendidos cuando éste se inclina y dice:

—Perdonen, caballeros.

Extrae la soga de seda de su bolsillo como si fuera un mago y, a continuación, va cogiendo uno por uno los peces del cubo y acercándolos a la soga para que respiren sobre ella, tanto por la boca como por las branquias, para asegurarse.

—Pero ¿qué... qué significa esto? —balbucea uno de los pescadores.

Aunque para entonces Viggo ya ha terminado de hacer lo que había ido a hacer.

—¡Buenas tardes! —dice despidiéndose de forma educada con una reverencia.

Acto seguido, él y Alrik salen corriendo.

Para comer toman pimientos rellenos de ternera y arroz. Anders suda mientras come. Tiene que estar limpiándose la frente todo el rato con una servilleta. Siempre que cocina Laylah, la comida suele llevar bastante picante, chile y ajo.

Viggo y Alrik miran fijamente la barbilla de Laylah. ¿Eso de ahí no es un pelillo negro?

—¿Qué pasa? —dice Laylah limpiándose la barbilla con la servilleta—. ¿Tengo comida en la cara?

—No, tienes un pelo negro. Como de barba —dice Alrik.

—La verdad es que no es muy sexy, Laylah —prosigue Viggo mirándole con preocupación la cara—. Piensa en Anders.

A Anders se le escapa la risa.

—¡Viggo! —exclama Laylah, aunque todos pueden ver cómo le tiemblan las comisuras de los labios.

—¡Yo puedo arreglarlo! —exclama Alrik sacando unas pequeñas pinzas del bolsillo.

—¿Qué? ¿Ahora mismo? —pregunta Laylah.

—Tú siéntate tranquila y no te muevas —contesta él arrancándole el pelo negro con un rápido tirón.

—Ya está —le dice a Anders—. Ahora ya no tienes que preocuparte de si es un hombre al que besas con los ojos cerrados.

Hace ruido de besos.

Acto seguido, sale a toda pastilla de la cocina y sube la escalera con Viggo pisándole los talones.

—Esperad un minuto —dice Anders—. ¡Volved aquí y acabad de comer!

—¡Chicos! —los llama Laylah en tono severo.

—Ya vamos, sólo estamos...

Viggo, preparado con un potente pegamento que ha cogido de la caja de herramientas de Anders, deja caer una gota sobre el cordel de seda y Alrik pega encima el pelillo negro. Ya está. Barba de mujer. ¡Hecho!

Alrik hace una bola con el cordel de seda y se la mete en el bolsillo. A continuación, los dos bajan corriendo la escalera y continúan comiendo como si nada hubiera pasado. Anders les dice que en esa casa no se puede uno levantar de la mesa hasta que no se haya vaciado el plato.

—En la mesa, paz y orden —dice—. ¿De acuerdo?

—Absolutamente de acuerdo —contesta Alrik con total gravedad.

—Por supuesto —añade Viggo metiéndose en la conversación—. Tienes que ponerte serio con nosotros, Anders. Ésta no es forma de vivir.

Laylah suelta una risita. A Viggo le encanta hacerla reír. Sobre todo cuando intenta contenerse y la risa se le escapa a su pesar por la nariz. Le encanta; parece un cerdito.

—Oye, Anders —dice Viggo—. Estaba pensando... Las montañas tendrán raíces, ¿no? ¿De qué están hechas?

—Vaya, la verdad es que se te da bien cambiar de

tema —contesta Anders—. ¿Las raíces de las montañas? ¿Tienen raíces las montañas?

—¿Qué es lo que tienen entonces en su lugar? O sea, ¿qué hay debajo de las montañas?

—Pues, magma... o lava, supongo.

Alrik coge el móvil e introduce en Google la palabra «lava».

—Ajá —carraspea—. ¿Sabíais que se puede comprar lava? Se utiliza para regular el fuego en las barbacoas de gas. Anders, ¿crees que podrá comprarse aquí, en el pueblo?

—Puede que en la ferretería. ¿Qué pasa, chavales? ¿Estáis planeando hacer una barbacoa?

—Nunca se sabe —contesta Viggo—. ¡Tal vez las barbacoas son lo nuestro!

Engullen el resto de la comida, dicen «muchas gracias», meten sus platos en el lavavajillas sin que Anders tenga que recordárselo y salen de nuevo.

CAPÍTULO 38

¡El perro asesino va a salir ardiendo!

Alrik y Viggo se dan prisa en bajar al centro. Las calles están abarrotadas de gente. Por suerte, es fin de semana de mercado, lo que significa que todas las tiendas están abiertas a pesar de ser domingo. En la entrada de la ferretería hay antorchas de bambú y montones de leña para hacer fuego apilados en hileras. La campanilla de la entrada suena cuando Alrik y Viggo cruzan la puerta. Un hombre al fondo de la tienda los mira con mala cara en cuanto entran y se inclina para susurrarle algo al oído a su mujer. Viggo oye las palabras «niños problemáticos» y «candado de la cadena». Mira desafiante al hombre.

No les lleva mucho tiempo encontrar la sección de barbacoas y accesorios para las mismas. Viggo señala las bolsas con piedras de lava. Necesitan una de ésas para hacer la Soga Gleipnir. Un letrero junto al estante indica que cuestan 99 coronas cada una. Rápidamente, concluyen que las bolsas son demasiado grandes para robarlas sin que nadie se dé cuenta. ¡Mierda!

Viggo suspira y se mete las manos en los bolsillos. Un momento, ¿qué es esto? El dinero que *Hey*Henry le dio: 120 coronas. Se las enseña a Alrik.

—Las iba a usar para comprarte un buen regalo de cumpleaños —le dice.

Alrik contempla el dinero. Una sonrisa cruza su rostro de oreja a oreja.

—Pues da la casualidad de que las piedras de lava eran una de las cosas que tenía primero en mi lista —contesta.

—Pues entonces hoy es tu día de suerte —dice Viggo devolviéndole la sonrisa.

Sin embargo, justo cuando Viggo está a punto de coger la bolsa, Alrik lo detiene y le hace un gesto para que no se mueva. Al principio, Viggo no entiende nada; pero entonces ve de refilón a Simon, a Jonte y a los otros chicos que acaban de entrar tranquilamente en la ferretería. También ellos se dirigen hacia los estantes con las cosas para barbacoas buscando algo.

Viggo y Alrik rápidamente se esconden en cuclillas en el pasillo de detrás, entre los rollos de papel higiénico y los botes de pintura. ¿Qué están tramando Simon y su pandilla?

—¡Ya lo he encontrado! Líquido inflamable —exclama Anton.

—¡Genial! El perro asesino va a salir ardiendo —dice

Simon entre dientes—. Primero le echamos por encima líquido inflamable y luego...

Simon hace como si encendiera una cerilla.

—Pero... ¿eso no es un poco cruel? —protesta Jonte sin mucha convicción.

Simon se burla de su inocencia.

—Sólo lo hacemos para que no mate a más gente. Además, sé dónde se esconde: en esa arboleda que hay cerca del colegio. Vamos primero a mi casa a coger unas cosas.

Simon mira a su alrededor. Acto seguido, agarra la botella de líquido inflamable y la mete dentro del pantalón de Jonte, el cual tira de su chaqueta hacia abajo y va andando con paso firme hasta la entrada. La campanilla de la entrada suena mientras salen.

Alrik se queda helado al darse cuenta de lo que Simon está planeando: va a prenderle fuego al perro callejero.

Se dirige a Viggo.

—Compra una de esas bolsas de piedras de lava. Te veré en casa. Tengo que hacer algo.

—¿Qué...? Espera —protesta Viggo.

No obstante, ya ha salido corriendo de la tienda.

CAPÍTULO 39

Someter al enemigo sin pelear

Alrik corre tan rápido como puede. Tiene que llegar a la arboleda antes que Simon, encontrar al perro callejero y ponerlo a salvo en la protectora de animales. Ha de hacerlo antes de que Simon y su pandilla le arrojen líquido inflamable por encima y... Ni siquiera se atreve a pensarlo. El corazón le late a toda prisa y tiene la boca seca.

Cuando llega a su destino, cruza de un salto el muro de piedra, se detiene y presta atención unos segundos mientras recupera el aliento. Ni rastro de Simon. Bien.

Comienza a llamar al perro.

—Vamos, colega —lo llama con voz calmada.

A continuación, intenta atraerlo con un silbido, un silbido bajito y suave.

El perro aparece de inmediato, olisqueando el aire con su húmedo hocico. Entonces se va aproximando hacia él, un poco menos asustado y desconfiado que la última vez. Alrik deja que le huela la mano antes de acariciarlo en la cabeza y en el lomo. El perro se queda quieto permitiéndole hacerlo; incluso le lame la mano y lo mira alentándolo a seguir haciéndolo. «¿Dónde están los sándwiches?», parece estar preguntándole.

—¡Lo siento, colega! Esta vez no tengo comida ni agua. Sólo esto.

Alrik saca la soga del bolsillo. Tendrá que utilizarla a modo de correa y atársela alrededor del cuello para poder llevarlo hasta la protectora de animales. Sin embargo, apenas ha tenido tiempo de pasársela por la cabeza cuando oye a Simon y a su pandilla frenar con las bicis en el camino de tierra y dejarlas en el suelo. El perro los oye, pero permanece a su lado. Gruñe levemente. De repente, Alrik se da cuenta de que no tiene sentido llevar al animal a la protectora de animales. Allí tampoco estará seguro. Todo el mundo piensa que éste es el perro asesino, igual que Simon. Lo matarán de todas formas.

—¡Corre! ¡Vete! —le dice Alrik en voz baja al perro indicándole con la mano el camino de huida.

El perro lo observa sorprendido, pero entonces parece comprender y desaparece entre los árboles.

—Quédate lejos y no te fíes de nadie —le susurra Alrik—. Ni siquiera de mí.

Acto seguido, se esconde entre una roca y unos arbustos e intenta hacerse lo más pequeño posible.

Simon es el primero en aparecer.

—Aquí es donde duerme normalmente —dice señalando el punto exacto en el suelo en el que la hierba está aplastada.

—A lo mejor podríamos colocar una jaula con comida dentro —sugiere Anton—. Luego le echamos el líquido inflamable cuando esté dentro de la jaula. Y entonces, ¡FRRR!: barbacoa perruna.

—Para —murmura Jonte.

—Siempre pareces un gallina —le reprocha Simon a Jonte, irritado—. Papá dice que la policía le va a pegar un tiro al perro de todas formas. ¿Sabes qué? Vete si quieres.

—Yo sólo...

—¡He dicho que te largues! —lo interrumpe Simon de forma severa señalando las bicis apiladas en el camino de tierra.

Jonte baja la mirada y murmura algo antes de irse cabizbajo. Desde donde se halla escondido, Alrik no puede oír realmente lo que dicen, pero no le hace falta demasiado para darse cuenta del mucho respeto que ha perdido Jonte entre sus amigos.

Alrik se acuerda de lo que dijo Damir: «El supremo arte de la guerra es someter al enemigo sin pelear».

Ahora, Alrik ya sabe cómo recuperar su bici.

CAPÍTULO 40

Tendones de oso

Viggo paga la bolsa de piedras de lava. Y, mientras lo hace, se le ocurre una genialidad.

—No venderán tendones de oso, ¿verdad? —le pregunta con una sonrisa al tío que hay detrás del mostrador.

—Eh, no... —le responde el dependiente, aunque Viggo ya va derecho hacia la salida.

Se dirige a Hjorthagen topándose con gente que ha salido a correr o que pasea con carritos de bebé. Nadie parece tener miedo del perro asesino durante el día.

*Hey*Henry está en casa, justo como él esperaba. Se halla disfrutando de la puesta de sol sentado en un roto y viejo butacón con unos cojines de los que se sale el relleno por varias rasgaduras en la tela. Lleva un abrigo de invierno, aunque sin abrochar, con una serie de bolsillos abultados de los que sobresalen cantidad de cosas. ¿Qué llevará dentro de ellos? «Un montón de cosas que viene bien tener a mano», supone Viggo. El jersey de *Hey*Henry está tan lleno de agujeros como la tela del butacón sobre el que está sentado.

*Hey*Henry levanta la vista cuando ve llegar a Viggo dando tumbos por la estrecha carretera de tierra.

—¡Hey, hey! —exclama saludándolo con la mano.

Viggo observa los viejos frigoríficos, los coches desguazados y toda la chatarra y el batiburrillo de trastos que se amontonan alrededor.

—¿Quieres un café? —le pregunta *Hey*Henry señalando con la cabeza un termo de acero inoxidable que hay encima de un barril puesto boca abajo.

—No, la verdad es que no —responde Viggo—. Quiero decir, no, gracias.

—¿Vienes a venderme algo?

El ojo bueno de *Hey*Henry se posa sobre la bolsa llena de piedras de lava, mientras que el de cristal apunta en la dirección opuesta.

—No, ¿por qué dices eso?

*Hey*Henry abre los brazos como si envolviera en un abrazo toda la chatarra que rodea la casa.

—La gente viene aquí y me vende toda clase de cosas. ¿No ves que soy un hombre de negocios?

—No, no quiero vender nada... Bueno, sí, sí que quiero, pero no lo que hay dentro de la bolsa.

—Vale, muy bien. ¿Qué es lo que quieres vender?

—El resto del perdón.

—Ah, ya entiendo.

*Hey*Henry se cruza de brazos y se recuesta sobre el butacón, que cruje y protesta con cada movimiento que hace.

—Te perdoné al sesenta y cinco por ciento por ese dinero mágico de la última vez —dice Viggo rápidamente—. Además de que me enseñaras el truco.

—¿Así que ahora somos sesenta y cinco por ciento amigos y treinta y cinco por ciento enemigos? —dice *Hey*Henry con una sonrisa pícara—. ¿Quieres venderme ese treinta y cinco por ciento para que seamos cien por cien amigos?

—No —responde Viggo con falsa autosuficiencia—. Pero te venderé al menos el veinte por ciento.

—Ah, ya entiendo —asiente *Hey*Henry mirando de arriba abajo a Viggo—. Bueno, ¿y qué es lo que quieres? ¿Qué es lo que vale un veinte por ciento de tu perdón?

—¡Un tendón de oso!

*Hey*Henry parpadea atónito. Sus ojos parecen más desviados que nunca.

—¿Qué? ¿Un tendón de oso? ¿Y no prefieres un helado?

Viggo se cruza de brazos y se queda mirándolo.

—Vale, vale —continúa *Hey*Henry levantando los brazos en un gesto de «me rindo»—. Pero ¿dónde voy a conseguir un tendón de oso?

—Ése no es mi problema.

—Claro, claro —replica—. Es mi problema. Y es un

gran problema. Quiero que me perdones al treinta y cinco por ciento por el tendón de oso. Es decir, si consigo encontrar uno. No es negociable.

—¡Muy bien! —exclama Viggo después de pensarlo por un momento—. ¡Trato hecho!

*Hey*Henry sonríe satisfecho. Acto seguido, se levanta del crujiente butacón.

—Sígueme —dice.

Hay un granero de color rojo a cierta distancia con una puerta donde alguien ha pintado con grandes letras: LA CHATARRA NO ES BASURA. *Hey*Henry la abre y enciende las luces.

Viggo se queda boquiabierto. No había visto tanta chatarra en toda su vida. El granero entero está colapsado por todo tipo de cosas: montañas de bicicletas estropeadas, cables, alambres, un par de barcas de pesca, la cabina de un camión sin neumáticos, sillas de plástico, lámparas, grandes cajas de madera llenas de clavos y tornillos, motocicletas viejas y un remolque para transportar caballos. Hay una cantidad interminable de cosas que uno sería incapaz de trasladar de ahí a otro sitio. No obstante, *Hey*Henry comienza a dar un rodeo; parece conocer el camino entre aquel caos. Además, Viggo es un escalador profesional, así que no hay problema.

—Hmmm, en algún sitio por ahí... —murmura *Hey*Henry subiéndose a un montón de tejas llenas de musgo y unas láminas de plástico a las que parece haberles pasado una apisonadora por encima.

De repente, saca algo del fondo junto a la pared, algo que parecen dos raquetas hechas para gigantes, y exclama:

—¡Taa chaan!¡Mira! Esquís canadienses de 1800. Los bordes están hechos de madera de abedul y las cuerdas de tendones de oso auténtico.

—Un gran problema, has dicho... —protesta Viggo—. Estaba chupado...

—¡Sí! Ya te he dicho que soy un hombre de negocios. Y un hombre de negocios siempre sabe cómo negociar. ¿Quieres los tendones de oso o no?

Claro que los quiere. Un trato es un trato. *Hey*Henry le echa una mano para cortar dos tendones de oso de los esquís. Están duros como palos. Viggo cree que tal vez podría ponerlos en agua y luego colocar la soga de seda también en el agua; eso debería contar como añadir tendones de oso a la soga, ¿no?

Le pide a *Hey*Henry un botella de plástico vacía y un martillo, y mete los tendones de oso dentro de la botella. A continuación, aplasta una de las piedras de lava con el martillo. También debe dar lo mismo si pone en el agua la lava pulverizada.

*Hey*Henry da un sorbo a su café y contempla a Viggo con curiosidad mientras éste prepara el extraño brebaje.

—¿Qué estás haciendo? —le pregunta.

—Es un secreto —responde Viggo mientras golpea tan fuerte con el martillo la piedra de lava que acaba sudando a mares.

—Ah, ya entiendo —dice *Hey*Henry bebiendo otro sorbito—. ¿Se trata de algo que tú y tu hermano os habéis inventado junto con Magnar y Estrid?

—Nada de adivinanzas —le responde Viggo secamente—. Es secreto, secreto.

—Mmmm, esos dos siempre se han andado con secretos, ya lo creo que sí. Así que estoy acostumbrado. A veces voy a su casa y no hay nadie, a pesar de que juraría haberlos visto junto a la ventana un momento antes. ¿A que es un poco raro?

*Hey*Henry se ríe entre dientes; y acto seguido se queda callado y parece perderse en sus pensamientos. Viggo deja de golpear con el martillo la piedra de lava. Ya ha conseguido echar una cantidad adecuada dentro de la botella. Tiene las manos cubiertas de una fina capa de polvo negro, así como los pantalones y la camisa.

—Vosotros tres también estuvisteis de acogida, ¿verdad? —pregunta Viggo.

—Sí, señor. Nuestros padres murieron cuando éramos pequeños, así que acabamos en un orfanato. Un hueso duro de roer, amigo. Me metí en toda clase de líos, robaba y me peleaba cada dos por tres. De modo que me enviaron a un reformatorio, así es como lo llamaban por aquel entonces. Déjame que te diga que fueron tiempos difíciles. Oh, sí... Magnar y Estrid acabaron de casualidad con una madre de adopción aquí en Mariefred. No nos volvimos a encontrar hasta que ya éramos mayores.

—Guau —exclama Viggo.

¿Qué pasaría si los separaran a él y a Alrik? Eso sería lo peor que podría pasar.

—Pero —añade *Hey*Henry con una sonrisa— al final me lo monté bien, ¿no? Mira a tu alrededor, llevo una vida de ricos. ¿Has conocido alguna vez a alguien que tenga tantas cosas como yo, eh?

—No —responde Viggo sonriendo.

—¿Qué me dices? ¿Quieres que te enseñe ahora ese truco de magia?

El teléfono móvil de Viggo comienza a vibrar. Es un mensaje de texto: VEN RÁPIDO, eso es todo lo que dice.

—Lo siento —contesta Viggo—. Tengo que irme.

CAPÍTULO 41

¡Estúpido niñato de Estocolmo!

Después de buscar durante un rato, Alrik encuentra a Jonte en los columpios vacíos del parque infantil frente al colegio haciendo dibujos en la arena con el pie. Jonte parece asustarse al ver a Alrik. Mira a su alrededor, pero no hay nadie.

—Quiero hablar contigo —dice Alrik.

—Pues yo no quiero hablar contigo —le replica Jonte, intentando parecer calmado.

Alrik se aproxima y se pone firme delante de él, como sacando pecho y tratando de parecer lo más grande posible.

—O hablamos... o peleamos. Tú eliges —dice Alrik.

Jonte ha tenido dolor de estómago durante todo el día; o al menos desde que Simon comenzó a hablar de prenderle fuego al perro. Tampoco ayudó que se enfadara con él y le dijera que se fuera. Y ahora esto... Jonte no quiere hablar con Alrik, pero tampoco quiere pelea, de ningún modo. No se le dan bien las peleas; además, no tiene ninguna oportunidad frente a Alrik, que es dos años mayor y está en sexto, y es, por otro lado, un loco cuando se pelea. El tío tiene como una rabia dentro de sí o algo parecido.

«Estúpido niñato de Estocolmo que viene aquí creyéndose que es el dueño de todo», piensa Jonte.

Alrik lo agarra del brazo, lo levanta y lo obliga a cruzar de mala gana hasta la entrada del cementerio, que está justo al lado.

—Si me pegas, Simon irá a por ti —le advierte Jonte—. Y su padre también.

—¡Ooohhh, estoy temblando! ¡Qué mieeedddo! —exclama Alrik haciendo como que lloriquea.

Jonte va con él a regañadientes. Las piedrecitas del camino crujen bajo sus pies según caminan por el sendero que discurre paralelo a las lápidas. Alrik se detiene y señala una de las tumbas que hay bajo la sombra de un gran árbol. Al principio, Jonte no entiende nada, pero entonces ve el nombre que hay inscrito en la lápida que dice: TUMBA DE LA FAMILIA SIMON FORSBERG en bonitas letras plateadas. El apellido de Simon no es Forsberg, pero, aun así, el mensaje queda bien claro. Jonte la mira fijamente con los ojos abiertos como platos.

—Dile a Simon esto: sé lo que vosotros le hicisteis a mi bici. Y como no esté a la puerta de mi casa mañana por la mañana antes de ir al colegio, haré pedazos la de Simon —dice Alrik.

—No es tu casa. Es la casa de Laylah y Anders. Tú y tu hermano sólo estáis de acogida —replica Jonte intentando parecer seguro de sí mismo.

—Y cuando acabe con la bici de Simon, me voy a asegurar de que él mismo acabe debajo de una de éstas —continúa Alrik señalando la tumba—. Luego haré lo mismo con cada uno de vosotros. Uno por uno.

—Simon no te tiene ningún miedo, si es eso lo que te crees —contesta Jonte, avergonzándose del temblor en su voz.

Alrik lo mira fijamente a los ojos.

—¡Le dirás lo que te he dicho, y ahora mismo!

Acto seguido, da media vuelta y se marcha.

Tan pronto como ha desaparecido de su vista, Jonte saca el teléfono móvil del bolsillo y hace una llamada.

—Simon, soy Jonte. No cuelgues —dice rápidamente—. Acabo de ver a Alrik. Ha dicho que sabe lo que hicimos con su bici... No tengo ni idea de cómo lo ha averiguado... Tal vez nos vio tirarla al agua desde el embarcadero. Da igual, el caso es que me ha dicho que te diga que si no le devolvemos su bici, destrozará la tuya y a ti te matará. Luego nos matará a los demás. Eso es lo que ha dicho. Incluso me ha arrastrado hasta una tumba del cementerio que tenía el nombre de Simon escrito en la lápida. Ahí estoy ahora mismo. ¡Da muy mal rollo!

Jonte respira pesadamente mientras escucha a Simon.

—Vale —dice—. Voy para allá. ¡Adiós!

Una vez que Jonte ha salido a toda prisa del cementerio, Viggo desciende con agilidad del árbol grande que hay junto a la tumba. Estaba ahí escondido todo el tiempo y ha podido oír cada palabra. Exactamente como habían planeado. Contempla la lápida y ríe en voz alta. ¡Tumba de la familia Simon Forsberg! Mira a su alrededor. Alrik aparece corriendo apenas un minuto más tarde.

—¡Ha funcionado! Ya sé dónde está la bici —dice Viggo alegremente.

—¿Dónde? ¿Dónde?

—La tiraron al agua desde el embarcadero. Aunque... ¿no deberíamos ir detrás de Jonte y darle una buena? Con todo eso que ha dicho de que no era nuestra casa y que estábamos de acogida. Nadie se mete con nosotros.

Alrik vuelve la cabeza y mira en la dirección por la que ha desaparecido Jonte. Las palabras de Damir resuenan en su cabeza: «El supremo arte de la guerra es someter al enemigo sin pelear».

—Nah, olvidémonos de él. Quiero recuperar mi bici.

CAPÍTULO 42

Un animal salvaje en la biblioteca

—La verdad es que Anders es un crac —le dice Viggo a Alrik.

Están en el embarcadero contemplando las burbujas que ascienden del agua cenagosa y que proceden de Anders, que está buceando en busca de la bicicleta de Alrik. Anders tiene su propia empresa llamada Tu Manitas Particular y es capaz de arreglar casi cualquier cosa. A veces trabaja debajo del agua en la dársena con lanchas y barcos, de modo que tiene un equipo de buceo, un traje de neopreno y una linterna submarina.

Alrik baja la mirada hacia las frías y oscuras aguas y siente como si se fuera a desmayar en cualquier momento. La verdad es que no le gusta nada en absoluto estar ahí, al borde del embarcadero. ¿Qué pasa si de repente éste se viene abajo? ¿Y qué pasa si Anders se queda atrapado en el fondo? ¿No debería subir ya a la superficie?

«Calma —se dice a sí mismo—. Calma.»

Tiene que quedarse arriba con Viggo y estar listo para lanzarle un cable atado a un gancho a Anders.

Éste sale por fin a la superficie. Sus gafas de bucear están cubiertas de vaho. Se quita la boquilla para el oxígeno de la boca y exclama:

—¡Bingo! Aunque no se ve casi nada ahí abajo. ¡Échame el cable!

A continuación, se sumerge de nuevo.

Cuando vuelve a emerger, lo primero que sale a la superficie es su brazo, con el pulgar señalando hacia arriba. ¡Ya ha atado el cable a la bici!

Remolcan la bici hasta el embarcadero.

—Maldito Simon —gruñe Viggo—. Está destrozada.

—Han estado saltando encima también —dice Anders con gesto serio—. Me parece que voy a tener una charla con Thomas.

—No servirá de nada. De todas formas sólo creerá al angelito de su hijo —dice Viggo—. Pero, Anders, podrás arreglar la bici, ¿no?

—Puedo arreglar la cadena —responde.

Se frota la nuca con la mano y echa un vistazo rápido a la bicicleta con una expresión de preocupación en el rostro.

—Puedo reemplazar el cable de los frenos —continúa—. Y los neumáticos rajados también. Pero la rueda de atrás... Lo siento, Alrik, la estructura de la rueda de atrás está completamente doblada, y una de recambio para una bici de éstas cuesta un montón de dinero. Casi tanto como una bici nueva. No nos lo podemos permitir. Por lo menos, no por ahora.

Anders levanta la bicicleta y la lleva hasta la parte de atrás de su camioneta, que ha dejado aparcada junto al quiosco.

—Vosotros venís conmigo, ¿no? —pregunta—. Es casi la hora de cenar.

—¿No deberíamos ir primero a casa de Estrid y Magnar y ponernos con el conjuro de la Soga Gleipnir? —le susurra Viggo a Alrik.

Sin embargo, éste niega con la cabeza. No le apetece hacer nada de nada ahora mismo. Tan sólo quiere irse a casa y tumbarse en la cama a jugar al Minecraft, tal vez, o simplemente ponerse a mirar al techo.

—Yo sí voy —dice Viggo en voz baja.

Luego dice alzando la voz:

—Alrik se va contigo a casa, Anders. Yo estaré allí en unos quince minutos.

Viggo sube corriendo Klostergatan hasta la casa de Estrid y Magnar. No parece haber nadie, aunque la puerta no está cerrada con pestillo y él sabe que le permiten entrar en la biblioteca. De modo que baja de un par de saltos la escalera hasta el sótano y, a continuación, recorre silenciosamente la oscuridad del pasadizo subterráneo.

De vez en cuando, alarga la mano para tocar la pared y roza con los dedos las piedras frías y los candados cerrados que, supone, conducen a otros pasadizos, otras habitaciones. Un día les va a pedir a Estrid y a Magnar que le enseñen lo que hay detrás de esas puertas selladas.

Abre la pesada puerta de la biblioteca, que no emite ruido alguno al deslizarse.

Todo está oscuro dentro, sólo hay encendida una lámpara de queroseno que alumbra con luz temblorosa los estantes llenos de libros y los extraños dibujos en el techo.

Sobre la mesa de piedra están apilados los libros que él y Alrik estuvieron leyendo. Uno de ellos está abierto por la página en la que habla de la Soga Gleipnir. Viggo coge el móvil y saca una foto al dibujo de la página.

Es en ese momento cuando descubre que no está solo en la biblioteca.

Damir está de pie frente a la librería prohibida pasando los dedos a través de los barrotes, como intentando alcanzar los libros que hay tras la verja cerrada.

No lleva camisa, tiene el torso desnudo, y la larga trenza le cuelga por la espalda. Y su espalda... Viggo retrocede. La espalda de Damir está cubierta de pelo. Todo su tronco es peludo. No mucho pelo, como uno de esos tíos que parecen hombres mono en la piscina, sino pelaje animal de verdad, un pelaje corto y suave como el de la piel de un caballo.

En el mismo instante en que Viggo descubre la presencia de Damir, éste repara a su vez en él y se da la vuelta tan repentinamente que su trenza vuela por el aire como un látigo. La blancura de sus dientes reluce en la oscuridad. Sus ojos son amarillos y carentes de emoción, como los de un... ¡animal salvaje!

Damir se abalanza sobre Viggo e intenta alcanzarlo por encima de la mesa de piedra. Sin embargo, Viggo es rápido, y sale como un rayo de la biblioteca.

Corre. Corre tan deprisa como puede en la oscuridad. Sus pies conocen el camino; ojalá no tropiece, no puede caerse ahora... Damir, o lo que sea, le pisa los talones.

Trece peldaños hacia arriba. Le duelen los pulmones y siente un pinchazo en el costado. Sus piernas parecen espaguetis.

Viggo se tira prácticamente encima de la puerta secreta y sube la escalera del sótano a cuatro patas, y finalmente cae de bruces en el suelo de la cocina, donde están Magnar y Estrid.

Acto seguido, se lanza a los brazos de Magnar y grita tan alto como puede.

—Viggo —dice Estrid sorprendida—. Pero ¿qué...?

Damir entra rápidamente en la cocina, interrumpiéndola. Lleva puesta una camisa, aunque mal abotonada, y parece furioso.

CAPÍTULO 43

Es un impostor

—Damir —dice Viggo jadeando—. Estaba abajo en la biblioteca...

—Pues claro que estaba abajo en la biblioteca —lo interrumpe Damir con voz glacial—. Trabajo allí. Y no me gusta que me interrumpan.

—... estaba trasteando en la librería prohibida y... no tenía la camisa puesta y...

—Tenía calor.

—¡Aahh! —grita Viggo apretando su cuerpo contra el de Magnar—. ¡Es un hombre lobo! ¡No dejéis que me coja!

—¡Viggo! —exclama Estrid con voz firme—. Damir es nuestro invitado.

—¡Tiene el cuerpo lleno de pelo! ¡Igual que en los libros! El primer paso en la transformación. Cuando la gente pasa a gatas la primera de las tres veces por una de esas sogas se ponen peludos. Luego...

—Viggo —dice Magnar con suavidad—. Damir tiene permiso para utilizar la biblioteca. Incluso los libros de la librería bajo llave.

—¡Quítate la camisa, Damir! —chilla Viggo—. Muéstranos el cuerpo.

—Tonterías —responde Damir con un gruñido desdeñoso—. Eso está totalmente fuera de lugar.

—Escúchame, Viggo —dice Magnar dulcemente—. ¿Te acuerdas de cuando vimos a Damir por primera vez, junto a las ruinas? ¿Te acuerdas de que dijo *Pax Mariae*? Eso significa «Paz de María». Ése era el nombre del monasterio que estaba a cargo de la protección de la biblioteca hace muchos, muchos años...

—Sé lo que significa, pero...

—... y ¿recuerdas la otra parte? —prosigue Magnar con paciencia—. Damir dijo: *Omnia mea mecum porto*. Lo cual quiere decir: «Llevo todas mis cosas conmigo». Ésa es la contraseña de los hechiceros del Círculo de los Guerreros Indigentes. Yo respondí: *Tecum porto*, «Las llevo contigo».

—¡Es un impostor! Seguramente averiguó la contraseña de algún modo.

Estrid y Magnar niegan con la cabeza resignadamente. Damir contempla a Viggo con una mirada helada.

—Viggo... —dice Magnar una vez más.

Sin embargo, Viggo se quita de encima el brazo de Magnar y retrocede.

140

—No me creéis.

Su tono de voz se halla repleto de acusación y desengaño.

—Sé lo que he visto —añade—. Yo sé lo que he visto.

Entonces va caminando de espaldas hasta la puerta de la entrada, baja los escalones, se da la vuelta de golpe y sale corriendo en dirección a su casa.

Durante la cena, tanto Alrik como Viggo están muy callados. Mastican y tragan, mastican y tragan. La lasaña de Anders sabe a suela de zapato.

Después se encierran en su cuarto y se ponen a charlar sobre la bici, sobre Damir. Viggo habla la mayor parte del tiempo. Alrik no dice mucho.

—¿Qué pasa si mata a Estrid y a Magnar? —pregunta Viggo—. ¿Qué deberíamos hacer?

Alrik saca la soga de seda y la botella de plástico que había escondido debajo de la cama. Los trocitos de la piedra de lava se han convertido en una especie de mejunje negro en el fondo de la botella y los tendones de oso han aumentado de tamaño en el agua y se han vuelto de color blanco.

—Deberíamos terminar la Soga Gleipnir —dice.

—Pero ¿es que estás sordo? —exclama Viggo escupiendo gotitas de saliva—. ¿Es que no has oído lo que te acabo de decir? Todo eso de la Soga Gleipnir no es más que un rollo que nos ha soltado Damir para engañarnos y des..., des... ¿Cuál es la palabra? Confundirnos.

—Desviar nuestra atención —dice Alrik—. Pero te olvidas de que fui yo quien encontró el libro sobre la Soga Gleipnir, no Damir.

—Te embrujó, ¿no te das cuenta?

—A lo mejor sólo estás cabreado porque fui yo quien encontró el libro —responde Alrik agitando furiosamente la botella de plástico—. Ya me estoy cansando de que quieras acaparar siempre toda la atención.

Esparce un par de tebeos por el suelo de la habitación y pone la soga de seda sobre ellos.

—¿Qué quiere decir eso de que siempre quiero acaparar la atención? —protesta Viggo indignado—. ¡Tú eres el que...! ¡Agh! ¡Eso apesta!

Alrik ha sacado el tapón de la botella y ha derramado el líquido maloliente sobre la soga.

Justo en ese momento, oyen los pasos de Laylah y su voz al otro lado de la puerta:

—Chicos...

Alrik empuja la soga de seda empapada y los tebeos debajo de la cama. Apenas le da tiempo de saltar sobre el colchón y hacer como que está viendo vídeos de YouTube en el móvil cuando Laylah llama a la puerta y entra en la habitación.

«Qué curioso —piensa Alrik—. Los mayores siempre pretenden ser educados con los niños y llaman a la puerta y esas cosas. Pero nunca esperan a que se les diga: "adelante". Simplemente llaman y, luego, irrumpen sin más.»

Sin embargo, no tarda mucho en pasársele el enfado, ya que Laylah tiene la cara más radiante y simpática del mundo.

—No os olvidéis mañana de meter en la mochila la ropa de gimnasia —dice.

De repente, una mueca aparece en su rostro.

—¿Qué es ese olor?

—Es Viggo —suelta Alrik—. Se ha tirado un pedo. Tienes que hablar seriamente con él al respecto.

—¿Yo? ¡Yo no! —protesta Viggo.

A continuación, se queda callado unos segundos antes de decir:

—Vale, sí. He sido yo. Lo siento.

Una sonrisa aún más grande se abre paso en el rostro de Laylah.

—No pasa nada —responde—. Estoy acostumbrada a los de Anders, que huelen a huevos podridos.

Frunce el ceño y se pone la mano delante de la nariz.

Laylah comienza a reírse con esa risita de cerdito tan contagiosa. Alrik y Viggo se olvidan de que están enfadados el uno con el otro y ambos estallan en carcajadas.

—¡Huevos podridos! ¡Ésos son los peores! —dice Alrik poniendo caras.

—¡Lo he oído! —exclama Anders levantando la voz desde la habitación de al lado, donde está viendo la tele—. ¡Eso se llama calumnia!

Laylah, Alrik y Viggo se ríen aún más.

—¡Los silenciosos son los más mortales y peligrosos! —le grita Viggo a Anders.

—¡Laylah se tira pedos cuando está durmiendo! —le responde Anders—. Explosiones múltiples y consecutivas. Hasta que el colchón sale volando hasta la entrada.

—¡Oh! —exclama Laylah corriendo hacia la puerta.

Oyen como Anders y Laylah se pelean en broma y se ríen en voz alta en el sofá. Igual que Viggo y Alrik.

Entonces se acuerdan de que estaban enfadados y se ponen serios de nuevo.

Viggo cierra la puerta y Alrik saca la botella de plástico y los tebeos con la soga de seda húmeda.

—Voy a leer el conjuro —dice Alrik—. ¿Me vas a ayudar o no?

Sin embargo, Viggo cierra la boca con fuerza y niega con la cabeza. Contempla sin ilusión alguna el pringue negro que queda dentro de la botella. Probablemente debería leer el conjuro, aunque sólo sea por Alrik, aunque ya no crea en él. Pobre Alrik, embrujado por Damir, sin regalo alguno de mamá y con esa bicicleta increíble de Anders y Laylah que le han destrozado completamente. Todo es por su culpa. Esa porquería negra dentro de la botella es el único regalo de cumpleaños que tiene Alrik. No podría ser peor... ¿Por qué tendrá que ser tan cara una rueda trasera nueva?

Aunque, ¡espera un momento! Algo se le ocurre a

Viggo. Lo único que necesita es a una persona, un hombre de negocios con un granero lleno de chatarra. ¿Cuántas ruedas de bici tendrá ahí dentro? Cientos.

Viggo mira la hora: las ocho y ocho. Laylah y Anders no lo dejarán salir de casa ni ir a ningún lado. Y más teniendo en cuenta que es un día entre semana, que tiene colegio al día siguiente y que ese perro asesino anda suelto. Sin embargo, a Viggo se le ocurre una idea, una idea que lo hace olvidarse tanto de las reglas que ponen los mayores como de los perros asesinos. Se levanta, abre la ventana y se sube al alféizar de la ventana.

—Hey, ¿qué estás haciendo? —pregunta Alrik.

—¡Shhh! Voy a hacer sólo una cosa. Enseguida vuelvo. Leeremos juntos el conjuro cuando vuelva. ¡Te lo prometo!

CAPÍTULO 44

¡Contesta, por favor!

—¡Hey, hey! Mirad quién está aquí otra vez —exclama *Hey*Henry, feliz al abrir la puerta y ver quién está allí.

Viggo no tiene tiempo para charlas triviales.

—Quiero una última cosa —dice.

—Ah, ya entiendo. ¿No estábamos en paz? Creía que éramos amigos ya al cien por cien después de nuestro trato con los tendones de oso.

—Lo somos. Pero los amigos se ayudan los unos a los otros... Para eso están los amigos, ¿no es cierto?

—Ah, ya entiendo, así es como funciona —dice *Hey*Henry guiñando el ojo varias veces.

Está tan bizco que Viggo ha de darse la vuelta para asegurarse de que *Hey*Henry no está mirando ninguna otra cosa. Aunque lo parece.

—Necesito una rueda de bicicleta —prosigue Viggo—. Es para la BMX rota de mi hermano. Se la han destrozado por mi culpa, así que estaba pensando...

Viggo se encoge de hombros y le da un trozo de papel con el modelo de rueda anotado a *Hey*Henry, que se rasca la barba incipiente y carraspea dubitativo.

—Mmmm. Es un tipo de rueda muy poco frecuente. Nada que tenga por ahí, desde luego. No obstante, algo se me ocurrirá. No soy sólo un hombre de negocios, al fin y al cabo. Soy también inventor, mi joven amigo.

Viggo no puede evitar sentirse decepcionado. Había pensado que *Hey*Henry sería capaz de conseguirle una rueda de bicicleta tan rápido como le consiguió los tendones de oso.

—¿Cuánto tiempo necesitas? —le pregunta.

—Eh... Dame uno o dos días. Pero ¡hey!, me debes una. Existe lo que se llama reciprocidad. Uno da y uno recibe.

—Sí...

—Se me ocurren un par de cosas con las que podrías ayudarme. Hey, pero ¿por qué no entras? Si quieres, te puedo enseñar ese truco de magia ahora.

*Hey*Henry le hace un gesto invitándolo a pasar adentro. Viggo echa una breve mirada al caos en el interior de la cabaña.

—No. Ahora no. Laylah y Anders no saben que he salido y le he prometido a Alrik que volvería enseguida.

Por un instante, *Hey*Henry parece entristecido, aunque, acto seguido, se encoge de hombros y dice:

—Tienes razón, colega. Deberías irte a casa. Los niños no deben ir por ahí a solas a estas horas de la noche. No después de esas cosas espantosas que han sucedido últimamente. ¿Quieres que te lleve a casa en mi motocicleta?

Viggo mira a su alrededor. Mierda. El bosque está completamente oscuro.

Asiente con la cabeza. Sí, quiere que *Hey*Henry lo lleve a casa.

Son las nueve pasadas cuando Viggo vuelve a trepar y a entrar por la ventana del dormitorio.

—No puedes largarte así sin más —dice Alrik—. ¿Adónde has ido?

—No puedo decírtelo. Todavía no. Es una sorpresa —dice con una sonrisa llena de secretismo.

Alrik le alarga un extremo de la soga de seda y Viggo la coge sin protestar. Está húmeda y pegajosa, de modo que las manos se le manchan del pringue de las piedras de lava.

—Muy bien, leamos el conjuro —afirma Alrik con expresión seria—. Sacaste una foto del texto, ¿verdad?

Viggo extrae el móvil del bolsillo y juntos leen:

> A aquellos que no podemos ver ni oír:
> Volved a vuestra forma original.
> Descansad en paz tras la tempestad.

Una vez que han terminado de recitar el conjuro, Alrik mira desencantado la Soga Gleipnir. No sabe muy bien qué había pensado que ocurriría. Tal vez que se transformaría por arte de magia en algo. Sin embargo, lo único que hace es colgar indolentemente de sus manos formando un arco mojado que no para de gotear.

Se quedan en silencio un momento y escuchan los sonidos amortiguados procedentes de la televisión en la habitación contigua. Anders y Laylah están viendo las noticias.

—Te lo dije —dice finalmente Viggo—. Todo ha sido un engaño. Deberías haber visto a Damir. Entonces me creerías. Todo cubierto por un pelaje de animal, y con esos ojos... Él es el responsable de los ataques junto a la iglesia.

—¿Qué iglesia? —pregunta Alrik—. ¡Los ataques fueron junto a las ruinas!

—Sí, a eso me refiero. Son las ruinas de una vieja iglesia.

—Creía que eran las ruinas de un castillo —replica Alrik distraídamente.

—Son las ruinas de una iglesia...

—Espera un minuto —dice Alrik levantando la mano mientras hace un esfuerzo por acordarse de algo.

Algo que ha leído en la biblioteca sobre hombres lobo, perros diabólicos y licántropos.

¡Por supuesto!

—¡Un grim! —exclama—. ¡Es el grim de la iglesia!

—¿Un qué?

—El grim de la iglesia. Hace mucho tiempo... cuando la gente construía iglesias, solían enterrar vivo un perro bajo los muros del cementerio. Se convertía en un perro diabólico que vigilaba la iglesia por la noche. Debe de haber despertado a un grim. Los dos ataques ocurrieron junto a la vieja iglesia.

Viggo se irrita de nuevo hasta ponerse rojo.

—¡No, el del ciervo no sucedió allí! ¡No es un grim! ¿Te ha dado una insolación hoy o algo por el estilo? Escucha lo que te estoy diciendo: ¡es Damir!

Viggo deja caer su extremo de la Soga Gleipnir. Ambos se miran en silencio a los ojos.

Alrik está pensando. ¿Podría ser que Viggo tuviera razón?

—No —concluye finalmente—. Sigo creyendo que es un grim y que Damir es uno de los nuestros.

Viggo cierra los ojos con fuerza y se estruja el cerebro todo lo que puede.

—Si es un grim —dice—, entonces debe de haber una fosa enorme o un agujero de algún tipo en el muro que rodea las ruinas, ¿no? Donde fue enterrado en su momento.

—Eh..., sí. Supongo —contesta Alrik.

—En ese caso —continúa Viggo—, creo que deberíamos ir y comprobarlo ahora mismo. Entonces veremos quién tiene razón.

Se sube al alféizar de la ventana y desciende por la escalera de incendios por segunda vez en lo que va de noche.

—¡Olvídalo, Viggo! —susurra Alrik enfadado sacando medio cuerpo por la ventana.

Sin embargo, Viggo ya ha aterrizado en el suelo.

—Entonces supongo que tendré que ir solo —dice—. Ya que te da tanto miedo.

A continuación, sale corriendo. Alrik escucha el sonido de sus pasos desapareciendo calle abajo. Estúpido Viggo. Sin embargo, tiene que ir detrás de él. Se mete la Soga Gleipnir en el bolsillo; le parece buena idea llevarla consigo. A continuación, llama a Magnar con el móvil apretujado entre la oreja y el hombro mientras desciende por la escalera de incendios.

La señal de llamada del teléfono se repite una y otra vez.

«¡Contesta, por favor!», piensa mientras sale corriendo en la misma dirección que Viggo.

Al fin oye una voz al otro lado de la línea.

—¿Hola?

—Soy Alrik —suelta de golpe—. Tenéis que ayudarme. Viggo va camino de las ruinas de la iglesia. Creo que ya he descubierto de qué se trata. ¡Es un grim! ¡El grim de la iglesia! Pero Viggo está seguro de que es Damir. ¡Daos prisa!

—Entiendo —dice una voz profunda.

—Espera, ¿con quién hablo?

Alguien pone fin a la llamada.

Alrik siente como si, de repente, un puño de acero intentara arrancarle el corazón del pecho.

CAPÍTULO 45

Viggo, ¿dónde estás?

Es Damir quien ha contestado la llamada. ¿Por qué habría de coger Damir el móvil de Magnar y luego colgar así? Alrik no tiene el número de Estrid. ¿Tendrá ella también móvil?

Sigue corriendo y grita una vez más:

—¡Viggo!

No hay respuesta. Espera que Anders y Laylah sigan viendo la televisión y no se hayan dado cuenta de que se han largado. Lo último que Alrik y Viggo necesitan en ese momento es cabrearlos o decepcionarlos. Alrik se acuerda de lo que dijo Thomas, eso de que Anders y Laylah sólo los quieren a él y a Viggo porque el Estado les paga por ello.

Gira en Djurgårdsgatan. Aún no hay rastro de Viggo.

¿Por qué estarán tan separadas entre sí las farolas de la calle? La oscuridad parece como si empujara ganando terreno a su alrededor. Alrik aminora el ritmo, guarda fuerzas para poder llegar hasta el final. Escucha con atención aquí y allá.

—¡Viggo!

Pasa corriendo por delante de la gasolinera y la vieja estación de tren. Las calles están desiertas. Nadie se atreve a salir de noche, ni siquiera a pasear al perro.

¿Debería haberles dicho algo a Laylah y a Anders? Ahora ya es demasiado tarde. Lo único que tiene que hacer es dar alcance a Viggo.

La grava del camino que sube en cuesta hasta las ruinas de la iglesia cruje bajo sus pies haciendo un estruendo ensordecedor, de modo que se sale del sendero y hace el resto de la subida por la hierba. Silencio; ha de ser silencioso.

—Viggo —llama casi susurrando—. Viggo, ¿dónde estás?

No consigue ver las ruinas de la iglesia hasta que está prácticamente encima de ellas. Piedra gris bajo la luz gris de la luna. Parece un castillo encantado, sólo que sin techo. Una puerta de hierro negra que está abierta da entrada al desolado recinto. Alrik la traspasa sigilosamente. El corazón le late a toda pastilla.

—¡Viggo!

No hay absolutamente nada dentro salvo mucha hierba verde y una pila de sillas y mesas de terraza con una cadena alrededor de modo que nadie pueda robar nada. Uno de los cafés del pueblo debe de usar este lugar para almacenarlas durante el invierno.

Viggo no está ahí. Alrik husmea entre la montaña de mesas. Ahí tampoco. Vuelve a sacar la cabeza.

Es entonces cuando oye la voz de su hermano que lo llama con sigilo.

—Alrik. Estoy aquí.

Alrik camina en dirección a la voz, que proviene de la parte de atrás de las ruinas, justo donde éstas terminan y comienza una zona de zarzas y grandes rocas lisas. Sólo una vez que está a escasos metros de Viggo consigue ver su silueta.

—Mira esto —susurra Viggo señalando algo—. ¡Tenías razón!

Un agujero enorme se abre en la tierra rodeado de un montón de barro, como si una de esas grandes rocas hubiera sido movida hacia un lado.

—Sólo quedan pequeños trozos de piedra —advierte Viggo—. Pero se ve que era aquí donde debía de estar el muro. Y hay algo más.

Viggo señala el agujero. Alrik siente un escalofrío.

Al fondo del mismo se halla la sudadera gris de Alrik con el dibujo de la cerradura amarilla en el pecho, sucia y desgarrada. ¿Cómo habrá acabado ahí abajo?

—Tenemos que irnos de aquí —dice Alrik percatándose del temblor en su voz—. Tenemos que...

De repente, se oye un ruido entre unos matorrales que hay cerca. El corazón de Alrik se detiene. Viggo respira de forma entrecortada.

—¡Hola, colega! —exclama Alrik al distinguir la

presencia del perro abandonado al que el otro día dio de comer.

Sin embargo, el animal no tiene esta vez ninguna pinta de colega. Su pelaje andrajoso está erizado, haciendo que parezca el doble de grande de lo que es. Con las mandíbulas abiertas, gruñe de forma amenazadora.

CAPÍTULO 46

El grim

El perro muestra los dientes y se prepara para atacar.

—Pero... si soy yo —dice Alrik—. Me conoces.

Viggo le tira de la manga. Ambos retroceden lentamente.

Sin embargo, en ese momento, la tierra parece comenzar a temblar; oyen un ruido sordo detrás de ellos a la vez que un fuerte olor les llega a la nariz.

Se dan la vuelta. Y se encuentran cara a cara con el grim.

Es grande, tan grande como Viggo. Al principio, a Alrik y a Viggo les da la impresión de que es una estatua de piedra; pero entonces el grim abre las mandíbulas y ruge. No es un rugido normal y corriente, no como el de un león o un lobo, sino un rugido que parece ir hacia dentro, como si estuviera succionando todo el aire, todos los sonidos que lo rodean, toda la vida a su alrededor.

La hierba cruje congelándose bajo sus garras y muere. El terror se apodera de Alrik. Piensa que debería echar a correr, pero sus piernas parecen haberse olvidado de cómo hacerlo.

El grim inclina hacia abajo la parte de atrás del lomo y emite un sonido agudo, un sonido que significa que el fin está cerca. Al mismo tiempo, pequeñas piedrecitas caen al suelo como desprendiéndose de su cuerpo.

Fosilizado. La palabra le viene a la mente a Alrik con gran esfuerzo, lenta y laboriosamente. El grim ha estado enterrado bajo el muro de la iglesia cerca de mil años y ha quedado fosilizado, se ha hecho uno con el propio muro.

En ese momento, todo comienza a suceder muy deprisa. El grim se lanza hacia ellos. El estruendo de la roca rompiéndose hace que Viggo tenga que taparse los oídos con las manos. Ambos sienten una oleada de aire helado que los empuja hacia atrás, como si el cuerpo de la bestia estuviera envuelto en un frío de muerte.

Sin embargo, justo en ese instante, algo cruza volando. Es el perro callejero, que se interpone entre ellos y la bestia de un salto y choca en el aire contra el grim.

El perro no pesa nada comparado con el monstruo, de modo que, enseguida, es arrojado a un lado sin piedad. Sin embargo, el grim pierde el equilibrio durante un instante.

Ese segundo es todo el tiempo que necesita Viggo

para superar la parálisis que lo atenaza y agarrar del brazo a Alrik.

—¡Corre! —grita arrastrándolo de nuevo al interior de las ruinas de la iglesia.

Nada más cruzar la puerta de hierro, comienza a empujarla; sin embargo, para su desesperación, se da cuenta de que la puerta no tiene picaporte, que no hay modo de cerrarla bien.

Alrik grita como si hubiera perdido la razón. A tan sólo unos metros, el grim acaba de morder al perro callejero en el cuello y lo agita violentamente de un lado a otro. Finalmente, lo lanza por los aires como si fuera un despojo.

Oyen el aullido de dolor del perro, un lamento que cesa de golpe al chocar contra el suelo y pasa a convertirse en un sonido débil y quebradizo, el sonido de algo que agoniza.

Viggo consigue sacar el candado de la bici de su bolsillo y, con las manos ateridas de frío, pasar la cadena entre los barrotes y cerrar la puerta.

Apenas tiene el tiempo justo de retirar las manos antes de que las fauces del grim se cierren de un mordisco sobre los barrotes de hierro.

La bestia se arroja contra la puerta. Trozos grandes de piedra se le desprenden del cuerpo, de la cabeza y del hocico, aunque no parece darse cuenta.

El grim se lanza contra la puerta una vez más.

—¡La puerta no cederá! —grita Viggo—. ¡Por aquí!

Viggo se echa el aliento sobre los dedos para desentumecerlos y comienza a trepar por uno de los muros de piedra como si fuera una araña. Alrik no tiene la más remota posibilidad de seguir a su hermano de esa manera, de modo que, en su lugar, comienza a encaramarse por la montaña de mesas y sillas de terraza, llega hasta lo más alto de ella y se encuentra junto a Viggo.

Ambos están ahora en la cresta del muro. No es muy ancho, que se diga, aunque Alrik intenta no pensar en lo alto que están y lo lejos que está el suelo. El perro callejero yace sin vida sobre la hierba. El grim va de un lado a otro detrás de la puerta, intentando encontrar una forma de entrar, golpeando con su áspera cola contra el muro de piedra. Alrik comienza a sentir unas náuseas cada vez más fuertes al ver cómo el grim va estrellando su propia cola contra el muro y comprobar cómo debajo de la capa de piedra asoma una cola delgada, fibrosa y sin pelo, como la de una rata gigante.

Entonces, el grim comienza a escarbar, levantando una nube de tierra y polvo detrás de él.

—Está escarbando para poder entrar —exclama Alrik súbitamente.

Saca el teléfono móvil e intenta llamar a Magnar de nuevo. Nadie lo coge. Marca el número de Laylah.

El grim escarba y escarba; el montón de tierra a su espalda va creciendo.

«Es como una máquina —piensa Alrik—. Una máquina de matar.»

El teléfono sigue sonando, pero Laylah tampoco lo coge. ¿Qué les pasa a los mayores? ¿Es que no pueden tener el móvil a mano nunca? Seguro que el de Laylah está en su bolso en la entrada.

—¿Qué estás haciendo?

—Tenemos que avisar a alguien —responde Alrik mientras marca el número de Anders.

Viggo mira hacia abajo, donde el grim continúa escarbando. Ya casi ha terminado. Lo único que sobresale detrás del muro es su cola de rata. En el lado interior de las ruinas, justo junto al muro, se ha ido abriendo un pequeño agujero por el que, pronto, la cabeza del grim asomará. Viggo observa a Alrik, que tiene el teléfono pegado a la oreja.

—Anders tampoco lo coge —dice Alrik con pánico en la voz.

«Como si importara mucho —piensa Viggo—. Nadie va a venir a rescatarnos. Una vez que el grim termine de escarbar, trepará por la montaña de muebles, igual que Alrik, en un santiamén. Somos carne de cañón. ¿No deberíamos pensar en algo especial antes de morir? ¿Como en mamá? Me pregunto si llorará mucho...»

Entonces repara en algo que sobresale del bolsillo de Alrik.

¡La Soga Gleipnir!

CAPÍTULO 47

¡Adelante, chucho gordo!

Viggo tira de la Soga Gleipnir que cuelga del bolsillo de Alrik, que no parece gran cosa, toda mojada y manchada.

No obstante, aun así, es posible que sea su única esperanza. Y ahora que lo sabe, la calma parece invadirlo progresivamente. Normalmente, los pensamientos le revolotean por la cabeza como una bandada de pájaros; sin embargo, ahora sólo tiene uno, claro y nítido como el cristal.

—Toma —le dice a Alrik tendiéndole un extremo de la Soga Gleipnir—. ¡Agárrala! ¡No la dejes caer!

A continuación, baja el otro extremo hasta el suelo y comienza a descender por ella.

—¡¿Qué estás haciendo?! —grita Alrik—. ¡Vuelve! ¿Te has vuelto...?

—¡Shhh! —le ordena Viggo haciéndolo callar de inmediato.

163

Alrik agarra la soga, obediente, mientras Viggo hace un lazo grande en el otro extremo y lo extiende sobre el sitio exacto por el que el grim está a punto de aparecer.

Acto seguido, vuelve a trepar al muro y coge el extremo de la Soga Gleipnir que sostiene Alrik.

—Cuando aparezca, tiraré del lazo bien fuerte.

—No funcionará —dice Alrik.

—¿Tienes una idea mejor? —responde Viggo secamente—. ¿No eras tú el que hace un rato estaba tan orgulloso de haber encontrado el libro con las instrucciones sobre cómo hacer una Soga Gleipnir?

Justo en ese momento, las enormes garras del grim comienzan a asomar por el agujero al mismo tiempo que la cabeza. Sus cristalinos ojos negros se mueven de un sitio a otro en busca de Viggo y de Alrik; a continuación, abre sus fétidas fauces y succiona de nuevo hacia dentro con un rugido frío como una tormenta invernal todo el aire a su alrededor. Alrik observa a Viggo, que se apresura a atarse alrededor de la cintura el extremo de la Soga Gleipnir para que no se le caiga. Debe de tener los dedos congelados de frío.

El grim, jadeando con esfuerzo, consigue hacer pasar el cuerpo entero a través del agujero que ha escarbado en la tierra. Todo se cubre de barro y suciedad y, al principio, no pueden ver muy bien donde está la Soga Gleipnir. En ese momento, cuando empieza a despejarse la nube de polvo, ven que cuelga torcida hacia un lado sobre la mastodóntica cabeza del grim, tapándole un ojo y una oreja.

—¡Adelante, chucho gordo! —brama Viggo con arrojo, aunque Alrik observa que, en realidad, está pálido—. ¡Vamos, mueve un poquito la cabeza para que la soga te rodee ese cuello gordo que tienes!

Viggo intenta tirar de la soga para que se deslice alrededor del cuello del grim. En ese mismo instante, el perro diabólico se percata de la soga, sacude el cuello, la atrapa entre los dientes y la rasga con un violento movimiento.

Viggo no estaba preparado para el tirón de la bestia, y lo que es peor, la soga está atada alrededor de su cintura.

Alrik ve cómo Viggo mueve los brazos por el aire intentando mantener el equilibrio, cómo se contorsiona intentando no precipitarse al vacío y consigue agarrarse al muro de piedra en el último instante con una mano. La boca abierta de Viggo emite un grito sin sonido y... cae.

CAPÍTULO 48

¡Suelta a mi hermano!

No hay tiempo para pensar. No hay tiempo para tener miedo. Alrik apenas sabe muy bien lo que está pasando. Salta del muro y aterriza sobre el lomo del grim en el mismo instante en que éste está a punto de lanzarse sobre Viggo.

Es como tirarse en plancha sobre un alambre de espino enrollado, los pelos afilados como navajas del perro fantasma le rasgan la piel y la ropa.

El golpe de la caída le ha cortado la respiración por un momento, y siente como si pasara una eternidad antes de que sus pulmones sean capaces de inhalar aire de nuevo. La piel le arde de dolor mientras el pelaje del grim le desgarra la piel.

«La soga —piensa—. La soga.»

Intenta alcanzar como puede la Soga Gleipnir que está colgando de una oreja del grim. El frío infernal que desprende la criatura es como si lo fuera envenenando

y apoderándose de él. La sangre se le hiela. Dentro de nada estará completamente paralizado.

Como en medio de una nebulosa, consigue ver a Viggo, que se ha quedado tirado en algún lugar debajo del grim con los brazos levantados mientras intenta protegerse.

En ese instante, Alrik alcanza la Soga Gleipnir.

—¡Aléjate! —grita—. ¡Aléjate de mi hermano!

Consigue deslizarla por la cabeza de la bestia y tirar de ella tan fuerte como puede.

El grim se encabrita como un caballo al que le han echado el lazo moviendo la cabeza de un lado a otro y arrastrando como un trapo a Alrik, que intenta agarrarse a la Soga Gleipnir lo mejor que puede.

Cuando el perro diabólico vuelve a ponerse a cuatro patas, Alrik cae debajo de él y siente cómo se le clavan las garras en el cuerpo.

«Me estoy cayendo», piensa. A pesar de que, de hecho, ya está tirado en el suelo.

Como en un sueño, ve cómo las mandíbulas del grim se abren tanto que la piedra que las recubre se resquebraja y cae en pedazos. Es curioso: la mitad de su cabeza está hecha de piedra y la otra mitad es negra, brillante y pequeña como la de un lagarto sin orejas. Entonces ya no ve nada más. Su capacidad de visión es succionada por el rugido invertido del grim; todo lo que ve es un círculo rodeado de negro que se va haciendo más y más pequeño.

Cuando el grim lo muerde en la cara, Alrik se da cuenta, sorprendido, de que no le duele.

«No duele, morir. Es como quedarse dormido. Quedarse dormido con tu osito de peluche en brazos.

»Mi suave osito de peluche», piensa Alrik haciendo como que lo abraza. Sin saber muy bien si está perdiendo el sentido o si se muere.

CAPÍTULO 49

Se arrastra, se rasca y se araña

Viggo consigue ponerse en pie. Todo le da vueltas. Los muros de la iglesia en ruinas parecen tambalearse hacia los lados y la tierra temblar en grandes ondas.

—¿Qué? —es lo único que alcanza a decir—. ¿Qué?

Alrik está tirado en el suelo con los brazos alrededor de algo pequeño, blanco y suave, algo que se mueve como intentando liberarse de su abrazo. Viggo se acerca renqueante. Poco a poco, los muros de las ruinas parecen estabilizarse, aunque siente la cabeza a punto de estallar. ¿Qué es...?

Es *Otto*, el perro peludo de Maggan *la Migrañas*. Viggo no entiende lo que está viendo. ¿Adónde ha ido el grim? ¿Por qué tiene *Otto* la Soga Gleipnir alrededor del cuello?

—¿Qué? —dice Viggo una vez más.

Los brazos de Alrik caen inertes hacia un lado y *Otto* escapa tranquilamente.

Un alarido comienza a trepar por el interior de Viggo, un alarido que se le atasca en la garganta. Cae de rodillas junto a Alrik. Sus manos temblorosas no saben qué tocar. Todo el cuerpo de Alrik parece estar destrozado: el jersey rasgado, los labios blancos y mordidos; y la sangre, toda esa sangre...

Entonces, el grito en su interior consigue abrirse camino hacia fuera y Viggo estalla a pleno pulmón:

—¡ALRIK!

Nota como si la cabeza se le fuera a partir en dos, pero aun así continúa gritando. Alguien más está gritando también. Una voz que le es familiar. Estrid está detrás de la puerta cerrada agitándola con fuerza, vociferando algo agarrada a los barrotes de hierro. Magnar está también allí, y sus labios se mueven a la vez que parece señalar algo. Algo detrás de Viggo.

Por fin, consigue oír lo que dicen.

—¡El perro! —gritan—. ¡Coge al perro! ¡Cuidado! ¡La Soga Gleipnir!

Viggo se da la vuelta lentamente. *Otto* se arrastra, se rasca y se araña con la pata intentando librarse de la Soga Gleipnir que lleva alrededor del cuello.

Justo en ese instante consigue quitársela de encima.

CAPÍTULO 50

Lucha mortal

Otto ha conseguido librarse de la Soga Gleipnir. Está temblando y respirando de forma entrecortada. Viggo contempla con terror cómo una raja comienza a abrírsele en la parte de arriba de la cabeza, haciéndose más y más grande, como si fuera una cremallera que va dejando ver, poco a poco, la cabeza del grim. Es mitad de piedra, mitad como la de un lagarto, y desprende un hedor punzante.

Viggo observa a Estrid y a Magnar detrás de la puerta. Acto seguido, ve algo que se mueve detrás de ellos. ¿De qué se trata?

Una figura enorme emerge corriendo de entre las sombras; primero sobre dos piernas, como si se tratara de un humano, y luego a cuatro patas, como un animal salvaje que persigue a su presa.

Es Damir. Viggo nota cómo el aire comienza a helarse de nuevo conforme *Otto* vuelve a transformarse en el grim. Viggo ve a Damir trepar a toda velocidad por la puerta de hierro y cruzar volando por encima de ella.

Llega hasta el grim de un enorme brinco y lo agarra por detrás, presionando con los antebrazos la garganta de la bestia e intentando estrangularla...

Los amarillos ojos animales de Damir se vuelven hacia Viggo durante un segundo mientras, con un gruñido áspero como la arena, un gruñido que no parece humano, pronuncia una única palabra:

—¡LARGO!

Viggo se pone en movimiento de un respingo. Ahora ya puede oír claramente las voces de Estrid y Magnar.

—¿Dónde está la llave? —exclama Estrid—. ¡La llave del candado!

—¡Tenemos que sacar a Alrik de ahí! —grita Magnar.

Sin embargo, Viggo sabe que la llave no es lo más importante, ya que, al fin y al cabo, Damir está luchando con el grim justo en frente de la puerta, por lo que no hay forma de salir por allí. El cuerpo del perro diabólico parece estar desmoronándose; grandes bloques de piedra se desprenden de él.

Viggo coge a Alrik de los brazos y lo arrastra hacia el pequeño túnel que el grim hizo debajo del muro de la iglesia, el cual ha empezado ya a desmoronarse. El agujero es tan estrecho que Viggo ha de tumbarse boca abajo y arrastrarse hacia atrás mientras tira de los brazos a Alrik para hacerlo cruzar con él. La tierra se le mete en los pantalones y por debajo de la camisa, también le cae sobre el pelo y en el cuello. Viggo intenta como puede no pensar en que podría desplomarse en cualquier momento y enterrarlos vivos. No pensar. Sólo ir hacia adelante, metro a metro.

De repente, nota cómo algo lo agarra con fuerza de los tobillos y oye la voz de Magnar:

—Agárrate a Alrik y nosotros tiramos.

Estrid y Magnar lo sujetan cada uno de un tobillo y lo arrastran hacia atrás el último trecho. Ya están fuera. Viggo sigue agarrado a Alrik con tanta fuerza que le duelen las manos.

Finalmente, la tierra acaba de desprenderse, sellando el túnel con un ruido sordo en la oscuridad. Estrid se pone de rodillas y echa un vistazo al interior del agujero.

—Demasiado tarde. Ya no podré pasar por ahí.

Viggo escupe tierra por la boca. Mugre y mocos le caen de la nariz. Piensa que debería levantarse, pero no puede. Contempla cómo le tiemblan las piernas sin control, igual que las manos, que le revolotean como las alas de un pájaro. No puede hacer que paren.

En el interior de las ruinas, Damir sigue combatiendo contra el grim, cuya gruesa cabeza de piedra se ha resquebrajado ya casi por completo. Están peleando encima de un montículo de tierra perteneciente al cuerpo anterior del grim. De hecho, se trata de un monstruo completamente distinto el que ahora serpentea debajo de Damir, mucho más pequeño, más delgado y

musculoso; sus patas parecen apenas palillos, como si cuatro serpientes le salieran del cuerpo en lugar de ellas. La fina cola de rata cruza silbando el aire y azota a Damir como si fuera un látigo, dejándole marcas ensangrentadas en la espalda. Las patas del grim se hallan ahora enroscadas alrededor del cuerpo del brujo y lo estrujan en un cruel abrazo, cada vez más y más fuerte. Intenta morderlo, pero Damir hace todo lo que puede para quitarse de encima la horrible cabeza del lagarto, jadeando por el esfuerzo.

Viggo nota cómo Estrid busca algo dentro de su bolsillo, pero no encuentra la llave.

«Se me debe de haber escurrido —piensa—. En la hierba, cuando me he caído del muro.»

Magnar ha deslizado su chaqueta por debajo de Alrik y está cortando unas tiras de tela de su camisa y vendando con ellas el cuerpo del chico. Estrid zarandea desesperadamente la puerta. Intenta escalarla pero no puede hacerlo.

—¡Damir! —grita al ver cómo éste se tambalea y cae hacia atrás.

El grim se le pone encima. Ruedan por la hierba. En un momento está Damir encima y en otro el perro diabólico dominándolo; luego, Damir vuelve a ponerse encima.

Sus fuerzas parecen estar acabándose debido a ese forcejeo infernal con el grim. Sin embargo, Viggo se ha dado cuenta de lo que pretende hacer... Él y el monstruo avanzan enroscados el uno en el otro en dirección a la Soga Gleipnir, que yace justo donde, momentos antes, *Otto* logró quitársela de encima.

Una vuelta. Dos vueltas.

El perro diabólico descubre lo que está a punto de suceder, pero Damir lo sigue sujetando y abrazando con tal fuerza que los músculos están a punto de estallarle. Lo retiene y lo estruja hasta que el grim vuelve a transformarse en *Otto*.

Damir se pone en pie, resoplando. Sujeta la cabeza de *Otto* entre sus enormes manos como si el pequeño perro fuera una fruta que estuviera a punto de comerse. Las patas de *Otto* revolotean inútilmente en el aire. La Soga Gleipnir está enrollada alrededor de los dos cuellos.

Damir también se ha transformado: su largo cabello ha desaparecido y tiene la cabeza afeitada, todo su cuerpo ha dejado de estar recubierto de pelo, ni siquiera tiene barba.

Damir presiona la cabeza de *Otto* entre sus fuertes manos mientras ve cómo la luz de la vida se extingue en los ojos del pequeño animal. El cráneo del perrito se hace añicos entre los dedos de Damir con un sonido seco y crujiente. Viggo observa cómo *Otto* cae al suelo lentamente, como si fuera arena entre los brazos de Damir.

Éste se sacude la suciedad de los brazos, trepa con esfuerzo por la puerta de hierro y se acerca cojeando hasta los demás. A su paso lleva arrastrando por la hierba la Soga Gleipnir, que aún le cuelga del cuello como un trapo.

—Bien —dice con una voz completamente diferente a la que Viggo conoce, una voz mucho más aguda, con un atisbo de risa, a pesar de que no parece que reírse sea precisamente lo que más le apetezca en ese momento.

No, la verdad es que el Damir sin pelo parece hablar muy en serio al ponerle la mano a Viggo en el hombro y decirle:

—Has estado muy bien.

Los ojos de Viggo se llenan de unas lágrimas que apenas le dejan ver y que le caen por las mejillas, unas lágrimas que lo queman como si le fueran a dejar huella sobre la piel. Las manos le siguen temblando descontroladamente.

—No —dice—. No... he estado... bien.

Magnar entonces coge el cuerpo inerte de Alrik en brazos.

—Por lo menos respira. Llama a una ambulancia. Tenemos que llevarlo a un hospital.

—Nada de hospitales —replica Damir bruscamente—. No podrán ayudarlo. Tenemos que llevarlo a la biblioteca. Y rápido. Y esto...

Mira al perro callejero y menea la cabeza con resignación.

El cuerpo del animal yace inmóvil sobre la hierba a

unos metros de distancia. La parte inferior de su cuerpo se halla retorcida en una posición forzada.

Estrid avanza velozmente hasta el perro y lo agarra de las patas, lo levanta y a continuación se lo echa sobre los hombros.

—Al menos podremos enterrarlo —murmura—. ¡Vamos! Démonos prisa.

Damir coge a Viggo de la mano, pero este echa a correr y tropieza. Las lágrimas le siguen cayendo a mares por la cara.

—¡Es por mi culpa! —dice llorando—. ¡Todo es culpa mía!

Las calles están desiertas. Viggo observa a Damir, que está sangrando por las heridas y haciendo gestos de dolor a cada paso que da. Todavía tiene la Soga Gleipnir alrededor del cuello.

—¿Por qué no te quitas ya eso? —pregunta Estrid.

—No podría domar al otro lobo que hay en mí ahora mismo —dice Damir—. Las batallas, de una en una.

Finalmente, llegan a casa de Estrid y Magnar en Klostergatan. El gato, que normalmente los espera en los escalones de la entrada, no parece estar por ningún lado. Estrid sube un peldaño hacia la puerta.

En ese momento siente un escalofrío y les indica con la mano a los demás que se detengan.

—¿Qué pasa? —pregunta Magnar, que respira de forma entrecortada debido al peso del crío malherido que lleva en brazos.

Estrid les hace un gesto para que permanezcan en silencio y se queda muy quieta escuchando con atención con el oído pegado a la puerta. Los demás aguardan detrás de ella, esperando en tensión. Entonces, se vuelve lentamente hacia ellos y susurra:

*¿Quién ha entrado en casa de Estrid y Magnar? ¿Sobre-
vivirá Alrik? ¿Hay una bruja malvada en Mariefred
que está reviviendo a los seres de las tinieblas para poder
irrumpir en la biblioteca?*

Lee la continuación en EL NIÑO FANTASMA.

Índice

¡No te los pierdas!

Para Kyle ser un circense es un problema.
Para Lavelle, una maldición. Para Gunnir, un sueño.
Estos tres amigos siempre han soñado con una vida
más allá del siniestro orfanato en el que han crecido.
Hasta que un día, Kyle descubre que, en realidad, es un
circense y esa misma noche unos hombres lo raptan.
Lavelle, una joven payasa que odia hacer reír, y Gunnir,
un chico corriente que sueña con ser mago, no dudarán
en ir tras él sin saber que están a punto de embarcarse
en la aventura más grande de sus vidas y del reino de
Fortuna, donde hablar con animales, controlar el fuego,
bailar sobre la tela de una araña, conocer el futuro
o volar sobre los tejados, es posible.

La mayoría de los niños harían cualquier cosa para
superar La Prueba de Hierro y entrar en la escuela
de magia Magisterium. Callum Hunt, no. Quiere
suspenderla. Durante toda su vida, su padre le
ha advertido que ni se acerque a la magia. Si lo admiten
en el Magisterium, está seguro de que nada bueno le espera.
Así que se esfuerza todo lo que puede en hacerlo mal…
y hasta hacerlo mal le sale mal. Ahora le espera
el Magisterium, un lugar que es a la vez sensacional
y siniestro, con oscuras conexiones con su pasado
y un retorcido camino hacia su futuro. La Prueba
de Hierro acaba de comenzar, porque el mayor reto
aún no ha llegado…

Cuando se anuncia en la ciudad la presentación
de un globo aerostático, Los aventureros del siglo XXI
—es decir, Jules y sus amigos Caroline, Marie y Huan—
no pueden resistir la tentación de examinarlo en secreto.
Al mismo tiempo, siniestras fuerzas contrarias al progreso
confabulan para que la presentación del maravilloso
aparato fracase.

Unos y otros conseguirán su propósito, dando así
el pistoletazo de salida a arriesgadas peripecias para los
integrantes del club: abandonados en una isla perdida,
tendrán que recurrir a su inteligencia, su habilidad, su valor
para sobrevivir y, ante todo, ¡su inquebrantable amistad!

DESTINO INFANTIL Y JUVENIL, 2015
infoinfantilyjuvenil@planeta.es
www.planetadelibrosinfantilyjuvenil.com
www.planetadelibros.com
Editado por Editorial Planeta, S. A.

Título original: *Grimmen*
Publicado mediante acuerdo con Ahlander Agency
© de la traducción, Elda García-Posada Gómez, 2014
© Åsa Larsson y Ingela Korsell, 2014
© de la ilustración, Henrik Jonsson, 2014
© Foto de los autores, Thron Ullberg

© Editorial Planeta S. A., 2015
Avda. Diagonal, 662-664, 08034 Barcelona
Primera edición: mayo de 2015
ISBN: 978-84-08-14160-0
Depósito legal: B.7.308-2015
Impreso por Huertas Industrias Gráficas, S. A.
Impreso en España – Printed in Spain